ダナ
癒やしの
力をもつ聖女
レイシー・
アステール
国一番の魔法使いで、
暁の魔女と
呼ばれている

ウェイン・シェルアニク
世話焼きな元勇者
アレン
プリューム村に住む少年
フォティア（ティー）
レイシーと暮らす魔物
イノシシ（仮）
魔物。名前はまだない

レイシーの杖が、
炎の全てを巻き取った。
渦巻くような熱が膨らみ、
竜のようにとぐろを巻く。
一つ息を吐き出したとき爆風が
レイシーの帽子を吹き飛ばし、
炎の竜はあぎとを広げ兵士と貴族を、
その悲鳴とともに呑み込んだ。

雨傘ヒョウゴ
illust 京一
〈2〉
暁の魔女レイシーは自由に生きたい
～魔王討伐を終えたので、のんびりお店を開きます～

contents

The Dawn Witch Lacey
Wants to Live Freely.

プロローグ ● 回想

The Dawn Witch Lacy Wants to Live Freely

重たく大きな葉っぱが、レイシー達《たち》の頭上に幾枚も重なっていた。

ときおりわさり、と聞こえるのは枝から鳥が飛び上がる音だ。鳥は木々の隙間を縫って指の先程の大きさとなり、青い空の中へと消えてしまった。その姿を、レイシーはローブのフードをそっと引っ張りながら瞳を眇《すが》めつつ見上げた。

ちい、ちい、ちい……。遠くでそっと聞こえる声は、鳥のものか。それとも。

「まだまだ森を抜けるには時間がかかりそうだな」

木の根に片足をひっかけつつ、ふう、とウェインがため息をつくように声を出した。

「なんのなんの！　まるでピクニックみたいなものだなァ！！！」

「ちょっと、ブルックス。大声を出さないでちょうだい。魔物が寄ってきたらどうするの」

「ハッ。そうだな……ダナの言う通りだな……すまあぬっ！！　フンッ！！！！！」

「フンじゃないわようるさいのよ！」

「ううん。君達二人って相性がいいのか悪いのかわからないよねぇ……」

大柄の青年に対して淡いグリーンの髪の女性が怒る様を見て、ハーフパンツの少女は頭の後ろで手を組みながら呆《あき》れたように笑っている。

「ブルックス。ダナとロージーもだ。あんまり遊ぶな」

ウェインが振り返りながら伝えると、はあい、やら、おう！　やら三者三様の返事をする。

「レイシー、大丈夫か？」

流れるように声をかけられたから、レイシーはびっくりしてつまんでいた服から手を放し、しゃんと屹立《きつりつ》した。

このときは、まだ王都から旅立って間もなかった。

出会ったばかりというわけではないが、心を許せる仲ではない。レイシーは口元をぎゅっと引き結んで、息を胸いっぱいに吸い込んだ。そうしてそのまま時を待った。

ブルックス達は彼を中心にして魔物の様子を探っているようだ。

ウェインはじっとレイシーを見ていた。しばらくして、レイシーはウェインが返答を待っているのだということに気づいた。

人に問いかけられたら、それに答える。当たり前のことだが、すぐに反応できるほどレイシーは人付き合いに明るくない。

「えっと、あの……」

困って、口の中でもごついて、無骨な木の杖《つえ》を両手で握りしめる。

ウェインはレイシーを待った。彼は伯爵家の次男坊だと聞いていたが、レイシーの婚約者の貴族のようにこちらをせっつくことはない。それどころか、「うん」と相槌《あいづち》まで打っている。

「ええっと、その」

「おう」

「あの、ええっと、そ、そのっ」

と、何かを言おうとしたときのことだ。風の波に乗るようにして緑の葉がわさわさと揺れた。

その隙間からするりと太陽が覗《のぞ》いたとき、ウェインの金の髪がきらりと輝き、反射した。

綺麗《きれい》な色だなぁ、と。

レイシーはウェインを見上げたまま考えた。

「……もしかして、疲れたのか？」

いきなり口を閉ざしてぼんやりとするレイシーを、ウェインは何かを勘違いした様子だったが、
結局自分ができることはぎゅっと杖を握りしめることだけだった。

「ほら」

だから、当たり前のように差し出された片手の意味は――レイシーにはよくわからなかった。


これは、まだ魔王を打ち倒す前の彼らの話だ。

第一章 困りごと、ありませんか？

「もしかして、寝てるのか？」

――唐突に影が落ちた。逆光で、顔はよくわからない。太陽が影の輪郭をごまかしている。

レイシーはぼんやりとして膝の上に乗っていた何かをゆるゆるとなでると、「きゅおぅ」と妙な鳴き声が聞こえる。指と指の間にふわふわ、ふかふかの何かがあって気持ちがいい。

「おーい、レイシー？……珍しいな。もうちょっと寝とくか？」

揺れた髪が、きらりと輝いているように見えた。

まるで夢の中の続きみたいだ……と、まで考えて、「うわあっ！」とレイシーは飛び起きた。

ウェインはからからと笑っている。レイシーの膝の上に乗っていたはずのティーは慌てたようにばさばさと地面に飛び降りて、ウェインを一瞥《いちべつ》して去っていく。

「悪いな、起こして。そろそろ行こうかと思って声をかけたんだが」

「こっちこそごめん、うっかり寝ちゃってた」

ウェインはいいや、と返事をしながら、通り過ぎる風の涼やかさにそっと瞳を細めて一面に広がる薬草畑を見つめた。

ざわ、ざわと風の足跡が薬草畑に跡を残し、また消える。

レイシーはゆっくりと息をついて、いつの間にかわずかに額に滲《にじ》んでいた汗を拭った。

――プリューム村にも夏がやってきた。

簡素な荷物と一本の杖《つえ》を抱えて初めてレイシーが村にやってきたときは、冬の息吹を感じ始める頃合いだったが、不安と期待を織り交ぜにさせていたから、季節を感じる余裕もなく過ごしてきた。

レイシーがプリューム村に来てからいつの間にか半年の時間が経《た》っていた。

長いような、短いような時間だったが、少なくとも手作りの椅子に座って薬草畑を見ながらお昼寝してしまうくらいにはリラックスするようになってしまった。

寝起きの顔の恥ずかしさをあたふたとごまかしつつ、「というか、もうそんな時間だった？　全然気づかなかった」と周囲を見回しながら太陽の位置を確認してから、レイシーは首を傾《かし》げた。

「ん。暑さがある分、王都にはいつもより少し余裕を持って出ようと思ってな。馬の負担は減らしたい」

と、話すウェインは元勇者という肩書のもと、休暇の全てをつぎ込み王都とプリューム村の行ったり来たりを繰り返している男である。理由はレイシーが生きているか不安になるから。

『暁の魔女』の異名を持つレイシーだが、ウェインとは勇者パーティーの一員としてともに旅をしていたときの縁で、あれよあれよと衣食住の世話をしてもらっている。

「そうだったの」と返事をしつつ、ウェインの横顔と、さらりと風に流されるその金の髪を見て、レイシーは何かを思い出しそうになった。木陰でぼんやりと目を閉じていたときに見ていた夢の中で――とまで考えたところで、日除《ひよ》け代わりにかぶっていた相変わらずの大きな帽子のつばを両手でぎゅっと引っ張って顔を隠した。

「お、どうした」

そんなレイシーの仕草を見て、ウェインは帽子ごとわしわしとなでる。いつものことである。ちょっとだけ背中を丸めた。レイシーの癖っ毛な黒髪が帽子越しになでられながら、ぴょこぴょこと揺れている。「なんでもないよ」と返答して、すぐにぎゅっと口をつぐんだ。唐突に、恥ずかしくなったのだ。

瞳を閉じると、今もまぶたの裏でつるりと流れる小さな星が、静かに尾を引き消えていく。

――離れるなよ。俺のそばにいてくれよ。お前は自由に、生きて、それを一番近くで、俺に見せてくれ。

二ヶ月ほど前に、ウェインがレイシーに伝えてくれた言葉だ。

「…………んくっ！」

唇を噛《か》みしめ、ついでにさらに帽子を深くかぶる。

このところ、レイシーは折に触れてこの言葉を何度だって思い出してしまう。わけもわからず胸の中がもやもやして、特に本人を前にするとそわそわする。

「おい、ほんとにどうした……？」

明らかに様子がおかしなレイシーを見て、ウェインは手を引っ込める代わりにレイシーの帽子のつばをそっと持ち上げて、顔を窺《うかが》った。「な、なんでもないったら！」と珍しく語気を強めてぱしっと軽くウェインの手を弾《はじ》いた。はずが、ひょいと避けられてしまった。仕方なく続けて叫んだ。

「別に、ウェインの面倒見の良さに呆《あき》れてただけだから！」

「おいおい、いきなり褒めるなよ」

「褒めてないよ!?」

そうだ。旅をしていたときもそうだった。我ながら面倒な魔法使いに違いなかったろうに、ウェインはいつも振り返って、辛抱強くレイシーに手を差し伸べてくれた。

（あ、でも……）

はた、と同時に思い出すこともあったが、すぐに息を吸い込んで口元を引き結ぶ。

「急いでるんでしょ。もう出るって言ってたじゃない。さっさと王都に戻った方がいいと思う」

「押すな押すな。別にそこまで急いでるわけじゃない。明日でもいいくらいだ。今日出るってんなら今くらいの時間がいいってだけで」

「もう！　行くなら、早く、行きな、よ！」

ウェインの背を必死に押しても、ばしばし叩《たた》いても小柄なレイシーの体ではぴくりとも動かない。顔を真っ赤にさせるレイシーをちらりと見やりながら「さて、どうしたもんかな」と姿勢一つ変えずに真《ま》っ直《す》ぐ立っていたウェインだが、「ぶもお！」「キュオオウ！」と二匹の魔物が勢いよく突撃してきたので、何事かと瞬いた。もちろん、ティーとイノシシである。

「えっ、二人とも、どうしたの……？」

「キュイイ、キュイイ……」

しかしどうやら慌てているのはティー一匹で、ばさばさと羽を動かし、心持ち瞳をうるませている。イノシシはそんなティーを心配そうに見つめている。

レイシーとウェインは互いに顔を合わせた。

時間をかけ二匹の主張を紐解《ひもと》くと――どうやらイノシシは、里帰りをするらしい。

ハンカチを激しく振るかの如《ごと》く別れを告げ、小さく消えていくイノシシの背中をずっと見つめていた。

次の日の朝、ティーはイノシシの乗り心地を忘れないよう確認し、駆けずり回っていた。そして
ちなみにウェインも一日残って一緒に見送ることにしたのだが、今の彼は砂だらけだった。帰る際にフンフンフンッ！　とイノシシがウェインのみを狙って後ろ足で土を蹴り飛ばしたせいである。

なぜかイノシシはウェインには冷たく当たってしまうようだが、それはさておき。

「ンキュオオオン……」

「寂しくなるわね……」

レイシーの頭の上ではティーがキュイキュイと泣き続けていた。

今生の別れというわけではないはずだが、友人がいなくなると寂しくなるのは仕方がない。

とはいえ、あまりの切ない様子にこちらの胸まで辛《つら》くなってしまう。

「ティー、泣かないで。あの子も自分の家があるわけだから。さすがにちょっとこの屋敷にいすぎたものね」

「キュウイイイ……」

「向こうに親や兄妹がいるんだろ。それなら一度くらいは家に帰った方がいいだろうよ」

「そうそう。大丈夫よ、きっとすぐに戻ってくるわ。……そろそろウェインも出発した方がいいんじゃない？」

尋ねると、ウェインは服の砂を叩き落としながら、「そうだな」と頷《うなず》いた。あっちもこっちもイベントだらけだが、発《た》つなら日が高く昇りすぎない方がいい。

「まとめた荷物と馬をつれてくるか。ちょっと待っててくれ」

「うん」

とレイシーが頷き、ウェインが去ると同時にオレンジ髪の少年が重たそうな箱を肩に載せつつ、のっしのっしと坂を登ってやってきた。

「あれ、兄ちゃんまたどっかに行くの？」

と、きょとんと瞬く少年の名前はアレンだ。彼はレイシーに助けられてからというもの定期的に、畑で収穫した野菜を箱いっぱいに詰めて持ってきてくれる。

「えっと、王都に……行くらしいよ」

「へー。行ったり来たり、大変だな。兄ちゃんって一体何してんのかね」

勇者です。

元だけど、なんてことはもちろん言えないのでレイシーはそっと顔をそらした。

「……というよりアレン、また野菜を持ってきてくれたの？　せめて私が取りにいくのに」

「恩人にお礼を取りに来させるやつはいないでしょ。俺が好きでやってるからいいんだよ」

そう言って、鼻の頭にそばかすが散った顔でにひひと笑われてしまうと、もう何も言えなくなってしまう。

アレンは「よいしょ」と声を出して、どすん、と音を立てて木箱を地面に置いた。

レイシーが住む屋敷はプリューム村の端の端に位置する上に、丘の上に立っているから持ってくるにも大変だろうに。お礼はもう十分にもらったと伝えてはいるものの、いつもアレンは頑として意見を曲げることなく、「姉ちゃんの彼氏にも頼まれているんだから」と胸をはる。どうにもアレンはウェインのことを勘違いしている。

……しかし気の所為《せい》だろうか。最初よりも箱の中身は重みを増しているはずなのに、よろよろとやってきていたはずのアレンの足取りがいつの間にかしっかりしたものに変わっていた。

アレンの年を十二歳と聞いたのは冬の終わりのことだから、今はもう十三だろう。レイシーはもう少しで十六になる。細い腕と痩せぎすな体は相変わらずだが、レイシーだってちょっとは背が伸びたと思っている。

でもなぜだろうか。自分だって成長しているはずなのに、アレンと視線の高さが変わらないどころか見上げている。一度地面に置いた木箱をアレンはよっこいせと軽々と持ち直し、底についた土をぱたぱたと叩いた。

「レイシー姉ちゃん、台所のいつものとこに運んだらいい？　それとも氷嚢庫《ひょうのうこ》の方がいい？」

「ひ、ひえっ……」

「ちょっと、聞いてるのかい？」

「だ、台所で……。あっ、私が魔術で移動させるけど」

「最後までしてこそ仕事」

姉ちゃん家《ち》はいいよなあ、氷嚢庫があってさあ、と言いながらも、さくさくと動くアレンの背中を見つめつつ、子どもの成長にレイシーは震えた。いつも見ているからこそ気づかなかった。へっぴり腰のままにあわあわと口元に手を寄せる。

初めてレイシーの魔術を見たときに、腰を抜かしてへたり込んでしまった少年の姿などどこにもなく、すっかり追い越されてしまったような気分だ。レイシーの頭の上にはティーが飛び乗ってきたが、なぜだかがっくりと落ち込むレイシーを見て、「キュイッ?」と首を傾げている。

こうして勝手知ったる様子で荷物を置いたアレンが戻ってくるのと、ウェインが馬の手綱を引きながら旅の荷物を持ってくるのは同時だった。

「アレン、いつも悪いな」

「なんのなんの。兄ちゃん、次はいつ来るの?」

「できればひと月後には」

「……そんなに頻繁に来なくていいんだけど」

ウェインを心配してのつもりが、そうとは受け取れない口調になってしまったことに後悔したのは一瞬だ。

「俺が来たくて来てるんだよ」

多分レイシーの考えすらも理解してあっさりと言いのけるウェインを見て、「ひょえー……」とアレンはぬるい笑みを浮かべながらごしごしと自分の二の腕をこすり、ちらりとレイシーを見た。

もちろん、もうレイシーは何も言えなくなっていた。ほんの少し頬を赤くして、ぷいとそっぽを向いた。

それからアレンがウェインの旅を気づかう言葉をかけてといくらかの会話をした後、「それじゃあ」とウェインは軽く片手を振りながら馬に乗って行ってしまった。

「……兄ちゃん、行っちゃったなぁ。一人で旅なんてしてさあ、魔物が出たらどうすんだろ」

「大丈夫。そこは心配してない。でもなんだか、いっぺんに静かになっちゃった」

なんとなくそう呟《つぶや》きながら、すでに誰もいなくなった丘をぼんやりと見下ろすと、アレンは腕を頭の後ろで組みながらちらりとレイシーを横目で見ているようだった。

アレンは何かを言おうとして、ぱくんと口を閉じる。太陽の日差しが焦げ付くようにレイシー達《たち》を照らしていた。しばらく無言のまま立ち尽くして、うん、とレイシーは頷く。そして。

「ねえアレン、せっかくだし、お茶でも飲んでく?」

「飲む飲む!」

暑い中わざわざ来てくれたわけで、それなら何かおもてなしをしたくなるというものである。

紅茶で喉を潤したアレンは、「ふいー!」と息をついてぶるぶると汗だくの顔を朗らかにさせる。木の陰になるように外に置かれたテーブルでは、たまにこうしたお茶会が開催される。

最初はお茶を淹《い》れるにも恐るおそるだったレイシーだが、ちょっとずつ慣れてきた自分の手つきがすごく嬉《うれ》しい。

「おかわり、いる?」

「うん。もらおう、か……な……」

からっぽになったアレンのカップに紅茶をそそごうとしたとき、妙にアレンの反応が鈍いことに気がついた。カップの取っ手を握りしめたまま、レイシーにそっぽを向くようにどこかを見ている。どうやら、何かをじいっと注視しているようだ。

お茶会用のテーブルは屋敷の玄関近くに置かれている。おかげでポットやトレーを移動させやすくて便利だ。そして屋敷の前はなだらかな丘になっている。さんさんと降りそそぐ太陽がぴかぴかしていて、道の端の緑が元気に生い茂っている。でも、アレンが見ているのはそこじゃない。

じゃあなんだろう? と考えた。

のしっ、とティーがレイシーの頭の上に飛び乗った瞬間、はっとする。

『何でも屋、星さがし』

屋敷の前に立つ手作りの看板に器用に文字が刻まれていた。立てられたのは一ヶ月ほど前のことだから、まだまだ真新しさが目立つ。

そっと、レイシーは顔をそらした。

「なあ、レイシー姉ちゃん」

しかし逃げようがなかった。

「何でも屋の依頼、一個でも来たのか?」

アレンの言葉はぐっさりと胸を貫き、レイシーはぱたりとテーブルの上に倒れた。さらに静かに地中に埋もれた。もちろん比喩であり、実際のレイシーは帽子のつばを両手で引っ張りつつ顔を隠して、座りながら小刻みに震えているだけであったが。とても激しくぶるぶるしている。

アレンはその様を無言のまま見つめた。憐《あわ》れむような表情が、言わずとも全てを物語っている。

――何でも屋、星さがし。

レイシーがこの村に来てからというもの、すでにこなした依頼の数は三つ。人間以外の魔物からの分もカウントしているので水増ししての三つである。それが多いのか少ないのかはわからないが、ブルックス――過去の仲間からの依頼を受けた際に、レイシーは決意したのだ。

レイシーの目的は、しっかりと自分の足で立って生きること。国に命じられるがままに決められた道を歩むことはやめた。だからそう、この看板はレイシーにとって、大きな一歩……となるはずだった。

一日目、どきどきしつつ看板の周囲を回った。

二日目、そわそわして、家から出たり、入ったりを繰り返した。

三日目……以下略。

先程アレンの成長に気づいてがっくりと落ち込んでしまった原因は、成長しない自分が情けなくて。幼いと思っていた少年が、実は前に進んでいた。それに比べてレイシーはどうだろう。とりあえずぶるぶるするしかない。レイシーの頭の上ではあまりのバランスの悪さにティーが踊り狂っている。

「……いやでも看板を立ててから、まだひと月だしさあ。っていうかそもそも、姉ちゃんの店があることって、みんな知って……うん、知ってはいるか……」

アレンはフォローしようとしてくれているが、中々ならない。

レイシーだって、看板を立てて、はい終わり、としたくはあったが、そんなことはしなかった。新しく店を始める許可も必要である。村の長老であるババ様のもとに向かったし、アレンの父であるカーゴも応援してくれた。

顔の狭いレイシーだって、半年近くも村に住んでいればある程度の知り合いもできてくる。その他ほそぼそと小さく声をかけ、自分なりの努力をしたつもりだ。

——しかし、そもそもの問題が存在していたのだ。

何でもする何でも屋、といわれたところで、プリューム村の住人からしてみれば、何を頼めばいいのかピンとこない。道具を売っているならちょっと店を見に行こうか、と足を踏み入れることはあったかもしれないが、住人達は今の小さな村での生活に満足しているし、困りごとがない以上レイシーのもとにやってくることもない。

……という事実を、落ち込むレイシーを見ながらアレンは薄々想像がついてきた。レイシーはなんだかすごい魔法使い、ということは村の人間達も理解しているが、魔術をまともに使える人間が周囲にはいないから、どんなものかわからないのだ。それにレイシーが作る匂い袋の生産の手伝いで村自体も潤っていて、誰も困っていない。

レイシー自身も薄々気づいてはいるものの、どうしようもない。困りごとがなければ活躍ができないという、なんとも悲しい話であった。

ただでさえ小さな体をどんどんと小さくさせるレイシーを見て、アレンはなんだか気の毒になってきた。

凹《へこ》んで、いつの間にかテーブルの上につっぷしてしまっているレイシーの肩を「まあまあ」と優しく叩く。

「何事も始まったばかりはうまくいかないもんだって父ちゃんが言ってたよ。最初が肝心だけど、その後だって重要だ。今からが本番さ。それよかさ、たまには村に下りてきなよ。姉ちゃんがいたら弟達も喜ぶし、たまには気分転換だって必要じゃない？」


そんなこんなでアレンに誘われるままレイシーは屋敷から村に下りてきたわけだが、陰鬱な気持ちが消えることなく、杖を握りしめふらふらしている。ティーは体いっぱいに太陽の光を浴びて空の上を滑空し、くるくると楽しそうだ。

雲一つない快晴とレイシーの頭の中は相反していて、レイシーは大きな杖の先をとすん、とすんとつきながら、静かにべそをかきつつ歩いていた。

「どうしよう……。このまま一人もお客さんが来てくれなかったら……どうしよう……」

隣を歩くアレンはなんともいえない表情を浮かべている。

基本的にレイシーは後ろ向きだし、社交性もない。もっと自信を持っていいのでは、とアレンは不思議に思わなくもないが、それはレイシーが育った環境にも関係している。

彼女は間違いなくクロイズ国一番の魔法使いで、『暁の魔女』の異名を持っているわけだが、レイシーからしてみれば努力に運よく結果が付随してきただけだ。孤児として生まれたレイシーは魔術の腕を磨かなければ、生き延びることができなかった。

魔術を使用することができるのは、魔力を持つ人間だけだが、レイシーと同じように魔力のある人間が自分のように魔術漬けの生活をすれば、誰でも同じように魔術を使うことができるだろうと思っているし、人との関わりも少なく生きてきたから、自分なんてまったくもって大したことがないと思っている。

——そもそも、誰しもがレイシーのように努力ができるわけもないという事実が、そこからは抜け落ちているわけだが。

「一人も来なかったらって……別に急がなくたっていいじゃん。客なんていつかは来る来る。っていうか前から気になってたんだけど、その杖なに？　でかくなったり、小さくなったり、それも魔術？」

アレンの言う通りであったけれど、何でも屋の看板を立てる手前、レイシーとしては多大な覚悟が必要だった。自分自身で選んだ道を進んでいく勇気は、レイシーの中ではときおり大きくなったり、小さくなったりを繰り返す。もちろん覚悟をした結果になんの後悔もないが、胸の内にはウェインと見た星空のように、きらきらした気持ちがあった。

だから、まあ。

空回りをしてしまったような、がっくりとした感情は仕方がないと思えなくも、ない。

ずるりと鼻をすすりながらアレンに返事をする声は、随分ひっそりしたものになってしまった。

「……この杖自体は普通の杖だけど、私の気合に応じてサイズが変わるの」

「どういうことだよ……？」

「集中しやすくできるように、そうすることを意識していたんだけど、逆に私に引きずられるようになった、というか……」

「よくわからないけど、魔術って難しそうだなあ」

魔力を持っている者の大半が貴族である。使うことができる人間が限られている上、術式を覚えるには苦労する技能だ。一般的な市民にとっては馴染《なじ》みがないのも仕方がないだろう。

（ん？ 待って、魔法使いに何ができるかわからないから依頼が来ない……ということは、もっと魔術自体を馴染みがあるものに変えればいいのでは……？）

「どうしたんだよ姉ちゃん。いきなりはわはわしだして」

「あ、あの、アレン、今、今何かっ」

レイシーが何かを摑《つか》めそうな、そんな気になったときである。

小さな家の前で、オレンジ髪の女の子がふんっと気合を入れて立ち上がった。近くにある柵を頼りに、足をぷるぷるとさせている。

あっ、とレイシーが驚いて目を大きくさせたとき、彼女は一瞬のうちに、とすんとお尻から落っこちた。女の子は両手を突き出したまま呆然《ぼうぜん》としている。レイシーとアレンも同じ表情で彼女を見つめた。しかし彼女は気合の言葉を繰り返し、再度ふんっと勢いよく立ち上がり、お尻をぷりんとさせた。

「あー、あー、レイン、危ない！」

またひっくり返った——となる前に、アレンが素早く滑り込んだ。少年の膝の中でレインと呼ばれた赤子は嬉しそうにきゃっきゃと口をあけて笑っていて、ちらりと数本の乳歯が顔を出している。

そう、彼女が生まれるときには一騒動あった。なにしろ、それはレイシーの二個目の依頼であったのだから。

この間見たときはまだ歯も生えていなかったはずなのに、いつの間にかしっかりしてなんでも一人で挑戦している。さらにレイシーは愕然《がくぜん》とした。前に進んでいないのはレイシーだけなのではないだろうか。あまりのショックに、レイシーはがくがくと震えている。

「リーヴ、ヨーマ！　見てるならちゃんと手助けしろよ！」

レインを抱えたまま、アレンは幼い弟達を叱責する。

アレンよりも悪戯小僧《いたずらこぞう》が抜けきれていない顔つきだ。怒られたはずなのに、二人の茶髪の少年はほっぺたに両手を当てて座り込みながらにっかりと笑い、「いやだって」「やる気に満ちあふれてたみたいだし」「止めるには忍びないと思ったんだもの」と、軽快に言葉を重ね合い、「「なー！」」と二人で顔を合わせている。アレンの双子の弟達だ。

レイシーも彼らに会うのは初めてではないが、野菜を届けてくれるアレンよりも顔を合わせる回数は少ない。だから少しばかり気まずく口元をこすったのだが、双子はケタケタと笑いながらレイシーの周りを駆け回った。ひえっ、と飛び跳ねるレイシーのことなんて気にしていない。

あわあわと目を回しているレイシーに気づきアレンが止めようとするが、腕の中にはレインがいる。幼い妹を抱きかかえて叫ぼうとするものの、一歩が足りない。

「あんた達！　静かになさい！」

フライパンの底をおたまで叩く音とともに聞こえた声に、ぴたりと双子は動きを止めた。文字通りカチンコチンに静止している。まるで時が止まったようで、静止魔法でも使ったのだろうかとレイシーは目を白黒させた。ごくんと一つ、唾を呑《の》み込み、恐るおそる声の主を窺う。

ぱちっと目が合ったかと思うと、彼女はすぐににっこりと口元を緩めた。

「レイシーさん、お久しぶりです。うちの双子がすみません」

「いえその」

トリシャさん、お気になさらず――と頭を下げた瞬間、空の上からティーがずしんとレイシーの頭に降り立った。

「うんぐっ」

手加減されているとはいえいきなりやってこられては首が痛い。

崩れ落ちるレイシーをアレン達は呆然と見下ろし、レイシーの帽子の上で高らかに羽を広げるティーに双子達は拍手したのだった。


「ほらレイシーさん、遠慮なんてしないで食べてくださいね。本当に大したものではないけれど」

「あ……いえ、そんな」

食卓の前で、まるで借りてきた猫のように小さくなっているレイシーである。アレンの母、トリシャは、アレンとよく似た髪色の女性で四人の母とは思えないくらいに若々しく精力的だ。

トリシャは半年前、レインを産む際に命を落としかけた。そのとき彼女を救った縁が今も続いているわけだが、兄妹四人と母一人の食事の中にいきなり交じってもいいものかと困惑が激しい。しかしレイシーの足元では、自身の葛藤をあざ笑うが如く、皿の上に載せられた豆をティーが遠慮なく突きまくりご相伴に与《あずか》っている。

レイシーの左右では双子が暴れているし、それを諫《いさ》めることでアレンは忙しい。トリシャはレインを膝に置きながら野菜のスープを飲ませている。スプーンを握ったまま、レイシーはただ固まっていた。父親であるカーゴはまだ畑から帰ってはいないようだが、それでも十分賑《にぎ》やかだ。

「……ごめんなさい、お口に合わないかしら」

「い、いえ、トリシャさん、そんな」

さっきから同じことばかりを繰り返してしまう。基本的にレイシーは人付き合いが苦手だ。魔術に関わることや、いざというときは、あっと驚く瞬発力を見せるがそれ以外はからきしだし、どうしても自分の手元ばかりを見てしまう。

これじゃいけない、と止まっていた手を慌てて動かし、豆のスープを飲み込んだ。ほくほくとして、温かくってとてもおいしい。

ふと、ウェインや仲間達と旅をしていた頃のことを思い出した。身分の高い貴族であるはずなのに料理上手になってしまったウェインは、こんなふうに温かいスープをいつだって出してくれた。

そんなときだ。うぎゃあと叫んだのはリーヴなのか、ヨーマなのか。どっちだかわからなかったが、「あっつい！」と悲鳴が上がる。そして反対のもう一人からは、「ぬっるい！」

もちろん二人は同じものを食べている。室内の暑さに対してスープがぬるいと言いたいらしい。レイシーからすれば丁度いい温度なのだが、二人とも汗をびっしょりとかいていて、弟を見る呆れ顔のアレンも同じような状況だ。

家の中はドアや窓といったいたるところが開け放たれており、できる限り風を通すようにしていたがそれだけでは十分でないようで、トリシャはレインの服をめくりながら忙しく汗を拭っている。

（たしかに……いわれてみれば暑いのかしら？）

レイシーは首を傾げた。でも我慢できないほどではない……と思うレイシーの我慢強さはピカイチだ。自分自身に鈍感といえるかもしれない。黒のローブはやっと卒業したものの、服のバリエーションも少ない。

そういえば、と旅をしている最中の仲間達の様子を再度思い出した。そのときもレイシーはぼんやり杖を握って座り込んでいたが、周囲は灼熱《しゃくねつ》の炎が燃え上がっていた。魔族の土地で、人間が住むには難しい場所はいくらでもある。悲鳴を上げる仲間達にせがまれ、なんとか氷の結界を作ったものだ。

懐かしい、と瞳を細めていたとき、「氷結石があればなあ！」とおそらくリーヴが涙目になっていた。よく似た双子であるが、だいたい話し始めるのはリーヴが先ということにレイシーは気づいてきた。

「……そんな簡単に魔道具が手に入るわけないだろ。夏は特に需要があるんだから」

「いいんだよアレン兄ちゃん。そういう冷静な意見は聞いてないんだ。氷結石じゃなくてもいい。氷がほしい。冬みたいに、いっぱいに外にできてたら……」

「今は夏だ」

今度はヨーマを相手にすげなくアレンは首を横に振る。レイシーはなるほど、とすっかり飲みきってしまった自分のスープ皿を確認した。くるくる、と指を回して、小さく呪文を唱える。かららん、らん。

涼やかな音とともに、レイシーの皿の中にいくつもの四角い氷がこぼれ落ちた。

「よかったら、どうぞ?」

双子に声をかけると、アレン達一家は、呆然としてレイシーを見つめていた。まるで時間が止まったようだ。

「……こ、氷!?」

「うそ!　どうやって、魔術、魔術なの!?」

やっと理解したのか、甲高い悲鳴は暑がりの双子の狂喜の声である。あまりの喜びように瞬いてしまう。トリシャはあんぐりと口をあけていた。

レイシーからすれば、冬の川を凍らせるのも、夏に氷を出すのもまったくもって同じことだ。でも、彼らからすれば違ったらしい。

夏に氷なんて、できるわけがない。それが当たり前の認識だ。

何もない場所からあるはずのないものを作り出す。それがどんなに驚くべきことか。

「れ、レイシーがいれば、氷結石なんていらないじゃない!? めちゃくちゃすごい！」

「リーヴ、姉ちゃんを呼び捨てにするな！　たしかにすごいけど……だいたい氷ができたってすぐに溶けるだろ！」

「氷嚢庫がほしいよお！」

「うちの家のどこに作るんだよ、ヨーマ、ないものをねだるな！」

兄として忙しいアレンである。トリシャはしっかり者の兄を見て苦笑していた。

氷嚢庫とは、魔道具である氷結石を部屋の四隅に置いた一種の結界である。場合によっては部屋の温度を氷点下まで下げることも可能であり、食料の保存に適した環境を作ることができる。

氷結石自体はレイシーもウェインから譲り受け保有している。氷よりも長持ちするとはいえ、定期的に魔力をそそがなければ少しずつ溶けてしまうため、魔力がない平民にとってはただの使い捨てとなり、中々手を出しづらい道具だ。

レイシーも旅をしている最中に知ったことだが、実際アレン達の生活を見ていると夏という時期はとにかく不便なのだと思い知った。

「……暑さを我慢していればいい、というわけでもないものね」

レイシーは口元に手を当てながら考えた。できれば彼らの役に立ちたい、とは思う。レイシーができることは魔術を使うことだけだが、それでも何かができれば。

アレンの家に定期的に氷を作って送り届けることはできるが、手間もかかるし村の中で一つの家だけを優遇するのはあまりよくない、ということはレイシーにもわかる。

それなら、と思い浮かんだ。

レイシーがいなくても彼らの生活を豊かにすることができる、そんなものを作ることができないだろうか？

「あ、アレン！　トリシャさん、ほ、他に何か困っていることはない!?」

夏を涼しく、快適に。というのは簡単だが、あまりにもざっくりとしすぎている。家の中に氷嚢庫を作るという手もあるが、レイシーの屋敷のように広さがないため難しいだろう。

拳を握りしめながら気合を入れるレイシーを見て、アレンとトリシャは二人で顔を合わせた。

「ここ最近の暑さにはもちろん困ってはいるけど、他って……もっと具体的にってこと？」

「いきなり言われると難しいわねえ。だって、暑いことなんて当たり前だし」

まだ幼い双子達ならともかく、大人になってくると我慢を覚えてしまうから、中々意見が出てこない。ううん、と考え込んでいる間に、トリシャの腕の中でレインがうきゃきゃと笑い出した。そのときだ。

「ただいまあ。あれ、レイシーさんもいらっしゃったんですか」

風を入れるために扉をあけたままにしていたから、少しばかり気づくのが遅れてしまった。帰ってきたのは笑いじわが目立つ風貌の壮年の男性だ。アレンの父、カーゴはレイシーを見て、幾度か瞬いた。食卓の上には片付けていない皿が並んでいる。

すぐに状況を理解したのだろう。カーゴは残念そうにため息をついた。

「ああ、レイシーさんもいらっしゃったなら、もう少し早く帰ってきてみんなと食えばよかったな。

今日はさすがに暑すぎる。外で食べる硬いパンはきつかったよ」

持っているからっぽになった布袋を持ち上げて主張する。しばらくの間、レインがきゃっきゃと笑う声だけが響いていた。

「……それだ!!」

「う、うおっ」

アレンの声に、カーゴは跳ねた。双子達はハイタッチして両手を叩き合っている。どうやらそれだけで互いに理解し合っている一家と異なり、レイシーは首を傾げた。しかしトリシャから説明を聞き、なるほどと理解した。

――暑い日に何が困るかといえば、やはり食料の保存ということだ。

『レイシーさん、もし可能でしたらご依頼を。夫や子ども達が、手軽に外で家と同じものを食べることができる、そんな方法があればとてもありがたいです』

「うーん……」

レイシーはトリシャからの依頼を思い出した。屋敷に戻って、部屋の中をごそごそと探してみる。もちろん依頼と言われなくても考えてみようとは思っていた。自分自身に、何ができるのか。それ自体を知ることはレイシーにとって必要だし、食事はとにかく重要だ……ということは、ここ最近ウェインに叩き込まれた。

「王都じゃすぐに食べる用の食事を売る店があるって聞いたけど、それは？　俺は行ったことないけどさ」

「持ち帰り専門の店のこと？　そうね、でもあれは氷結石がたくさんあるからできることなのよね。魔道具はどうしても人が多い王都を中心に売られるから、この村にやってくるまでに溶けてしまうだろうし……」

へぇ、と相槌《あいづち》を打っているのはアレンだ。

今回、労働力の提供ということでアレンは再度レイシーの屋敷にやってきた。一人、いや一人と一匹だけだと中々思考がまとまらないので、話し相手がいることは助かる。今は二人で屋敷に備え付けの棚の中をあさっている最中である。

『今日はいつもよりも豪華なものを作ることができるぞ』

と、レイシーの記憶の中で笑っているのはウェインである。

食料の保存は旅をしている間も重要な問題だった。力自慢であったブルックスがいればいくらでも獲物は手に入れることができたが、そもそも獲物自体がいないこともあったし、毎回狩猟をするとなると時間がいくらあっても足りない。だから行く先々で保存食を手に入れて、それをウェインがおいしく調理してくれた。

カーゴやアレン達の場合も作ったその場で食べることができればいいが、外の仕事をしていると毎回家に戻るのも手間である。だから昼食を外に持っていく必要があるが、この炎天下だ。食べ物が傷んでしまうといった万一があってはいけないので持っていけるものが限られており、夏の間は硬いパンとぬるい水が主食になるらしい。冬になるとスープを持ち運ぶことができるものの、昼にはすっかり冷え切っている。

（料理は一番おいしいときに、おいしい方法で、かぁ……）

食事が出来上がると、ウェインは決まってすぐに食べるようにとレイシー達を座らせた。

温かい湯気がふわりと立ち上る料理を前にして頬をほころばせる仲間達を見て、ウェインは瞳を細めつつにっこりと微笑《ほほえ》んでいた。

その姿が、できたてをおいしく食べてほしいと願うトリシャと重なった。

だからなのかもしれない。アレンからの説明を聞いてから、すぐにレイシーは一つの案を思い浮かべていた。

「……あ、見つけた。これがほしかったの」

「布？……に、見えたけど、何か違うね？　何だこれ」

アレンは不思議そうにレイシーがチェストの中から取り出した布らしきものを見つめている。

レイシーは匂い袋の制作用に、プリューム村にやってくる商人から定期的に布を買い付けたり、面白い材料があればわけてもらったりすることもある。たしかその中に交じっていたはず、と探していたのだ。

「これ、触り心地は布に近いけれど、実は特殊な木の皮なの。匂い袋にするには皮の香りが中身とぶつかるからやめておいたんだけど、普通の布よりも耐久力があるし、今回の目的に丁度いいと思って」

「はあ……」

アレンに木の皮を渡してみたが、彼はしげしげと自分の手元を眺めるばかりでどうにもピンときていない様子である。くすりとレイシーは笑った。もちろん、これだけではなんの意味もない。

今回のトリシャの依頼は、レイシーが持っている氷結石を渡して定期的にレイシーが魔力をそそぎ込むという約束を取り付ければ終わる話なのだが、それでは中途半端だ。

（一時しのぎの解決法を提示しても仕方ないもの）

レイシーがいなくても、アレンの一家だけで完結できるものにしなければいけない。

「ねぇアレン、ちょっと持っていてもらっていい？　広げて、私に見せる形で」

「……こう？」

「そうそう」

レイシーはすいっと二本の指を立てた。そのまま小さく呪文を唱え、勢いよく振り下ろす。はらり、と静かに木の皮は真っ二つに切れた。遅れてアレンの顔にわずかな風圧がぶつかる。

「あ、アーーッ!?」

「うん、やっぱり」

「いややっぱりじゃないよ！　今こっちに向かって魔術を使った!?　使ったよな!?」

「杖も持つ必要がないくらいだから大丈夫。それよりアレン、ほら見て」

レイシーはアレンにすっぱりと切れた木の皮を見せる。薄い皮だから、切断面を見せられたところで、なんだか綺麗《きれい》に切れているな、ということしかアレンにはわからない。

「……見てと言われても、真っ直ぐ切れているな、と」

「そこが重要なの！」

レイシーは木の皮を持ち上げ、伸ばしたり引っ張ったりを繰り返し、頑丈であることを確認して幾度も頷く。外では囁《ささや》くように話すくせに、生き生きとしていて随分楽しそうにも見える。

「さっき私は切断魔法を使ったけれど、それって、ただものを切るというだけではないの。切る物質によって、その都度術式を変化させる必要があって、今私は、こんな材質だったらいいなという自分の理想を形とする術式を作ったのね」

わくわくと説明してくれているようだが、アレンはただ口元を難しくさせて眉間にしわが増えていく。術式、と言われたところでピンとくるわけがない。

「冷たくするには氷があればいいと思うでしょ？　でも昔旅をしていたとき、マグマがぼこぼこしている、地獄地帯と呼ばれている場所にどうしてもテントを張らなければいけないことがあって」

「どんなときだよ」

「そのとき氷の結界を作ってみたんだけど、すぐに溶けてしまったの。私が寝ずに一晩中魔術を使い続ければいいんだけど、さすがにやめろとウェ……仲間に止められてしまって」

「そりゃそうだろっていうかそもそもなんでそこにテントを立てちゃったんだよ」

「色々試したりしてみて、氷魔法だけじゃなくって、周囲の空気を魔術でかき混ぜてみたら、うまくいったのよ」

あのときは大変だった。気合と根性があれば問題ないと服を脱ぎ散らかすブルックスをウェインが背後から必死に拘束し、女性達はただただ表情が消え失《う》せていた。その場をなんとか解決できるのはレイシーだけで、全員が干からびる一歩手前だったのだ。

氷で冷やす以外にも、熱が届く速度を遅くさせることができたらいいのではということをひらめき、あとは組み合わせの即興魔法の出来上がりである。物が温かくなるということは、それ自体に周囲の温度が伝わっているということだ。まずは温度の伝わりを緩和することが目的までの第一歩だ。

「さっきの魔術は、適度に空気を含んでいるものじゃないと綺麗に切ることができないものよ。だからこの皮はとても硬いように見えるけれど、本当はぴったり密集しているんじゃなくて、たくさんの空気を含んでいるはず」

「……鉄とか、もっとしっかりしたものの方がいいように思うけど」

「鉄って、日陰なら夏でも触るとひんやりしているわ。冷たいということは一見いいように思うけど、火であぶったら熱くなるのも一瞬よ。それって熱が伝わりやすいってことじゃないかしら」

「……なるほど」

これにはアレンも頷いた。「鉄は今までたくさん切り裂いてきたから、構造は理解しているつもりよ」と付け足された言葉は、さすがに気の所為だと思うことにした。

「なんか、レイシー姉ちゃん、すげえ生き生きしてない？」

「そう？　気の所為じゃないかしら」

絶対そんなことはない、とアレンは胡乱《うろん》な顔をする。

レイシーは今まで、人生の大半といってもいい程度には魔術に時間を費やしてきた。好きか、嫌いか。そんなことはわからないくらいだけれど、魔術はすでに自身の一部だ。自分に自信なんてどこにもないが、魔術は違う。不思議といつもよりも口が回るし、わくわくする。

だから、まあ。ちょっと楽しくなっているというのは、実は否定できない……かもしれない。

「と、いうことで！」

じゃじゃん、と取り出したのは紙である。魔術を使用するには術式が必要であり、本来なら紙に書いて一から考える必要があるのだが、レイシーは全て自身の頭の中のみで構築する。だから立体を平面で捉えるのは大の得意だ。

匂い袋の制作でも嫌というほど型紙を作ったのだ。するすると紙の上へとペンを走らせ、あっという間に型紙が出来上がった。さらに別のパターンも作成する。

その様を、アレンとティーは一人と一匹で正座をしつつ、ぼんやりと見つめた。素早すぎて追いつけない、と呆《ほう》けていたとき、アレンはハッとした。そんなことを言っている場合ではない。ここに自分は戦力としているわけで、決して遊ぶためにいるのではない。

アレンだって、羽根飾り村《プリューム》の一員である。王都からとにかく大量に匂い袋の制作を依頼されたときは子ども達も駆り出された。

眉間にしわを作るくらいに真面目な表情でレイシーの手元に注目する。

レイシーはちょきちょき型紙を切り抜き、木の皮に当てた。刺さるのだろうか、とアレンは不安に思ったものの、想像よりもするりとまち針が通った。そして型紙に合わせて切り取っていく。

構造を見たところ、レイシーが作っているものは小さな手提げ鞄《かばん》だ。ボタンをつけることを想定していくらしく、上から蓋を閉じる形になっている。しっかりしている皮だから一枚で作ってしまってもいいようにも思ったが、どうやらこれは内布として使う用で、外側は別にあるらしい。そこからさらに通常の布を一枚内側に重ねて、合計三枚重ねである。

ちょっと厳重すぎやしないだろうかとアレンは首を傾げたが、さきほどのレイシーの説明を思い出した。重要なのは温度が伝わる速さを抑えること。真ん中に木の皮を入れることで、空気をたくさん含ませているのだ。寒い冬の日に服を一枚だけ着ると寒いが、もう一枚重ね着をすると温かくなるような気がしていた。それは服と服の隙間にある空気も一緒に着ていたからなのだろう。

と、まあ考えている間に、作り終えた試作品を掲げてレイシーは主張する。

「こんな感じで、どうかしら!?」

持ち手も作って、ころんとした形の鞄は女性受けもよさそうだ。

「それ、蓋って必要？　形に制限がつくね」

「蓋は絶対にいるの。本当なら密閉したいくらい」

「……なるほど。じゃあ蓋じゃなくて、横から紐を通して引っ張る形とかは？」

「すごくありだわ！　ちょっと作ってみるわね」

「いや、今度は俺が作ってみるよ」

案外乗り気になってきた。気づいたらいくつかの試作品が出来上がっていた。そうしてどんどん二人して楽しくなってきたときに、アレンはハッとした。

「いや、レイシー姉ちゃん、目的は食料を冷たくして長持ちさせるためなんだよな？　これじゃあ、保冷じゃなくて、保温にならない？」

「そうね。たしかに、これだけじゃだめよ。ということで、アレン、この石を砕いてもらってもいいかしら」

「いやそれ魔石……。砕いて使うなんて聞いたことないんだけど。もったいないじゃん」

魔術を封じ込めるための石で、魔物の核だ。「いいからいいから」とレイシーに押される形でまあいいか、とアレンは床を作業場にして、かんかんと棒で石を叩きつつ、細かくしていく。

「あっ。ご、ごめんレイシー姉ちゃん、ちょっと細かくしすぎたかも……」

あんまり小さいと、込めることができる魔術の規模も限られてしまう。その間にレイシーは手提げ鞄の中に内袋を作っていた。迷いのない動きは、匂い袋を作ったときの経験が生かされているようだ。

「大丈夫よ、小さな魔石でも問題ないように魔術を込めるから」

「いやでも……」

「込める魔術の術式はもちろん今から作るけど」

あっさりとした言葉だが、そんな簡単にできるものなの？　と、アレンは疑問ばかりが尽きない。

＊＊＊

あとはレイシー一人の作業になると聞いて、アレンは帰宅した。家に帰ると双子達が妹と遊んでいる。こっちにこいこいと手を打ち鳴らしている弟達を目指して、立って座って、突進してとレインは忙しい。

家の中からケタケタと楽しげな子ども達の笑い声が響いていたが、トリシャは心配そうな顔をしてアレンを迎えた。カーゴはまた仕事に出かけたようだ。

「アレン、どうだった？　レイシーさんには、さすがに無茶なお願いをしすぎたかしら」

「ああ、うん……」

「もっと遅くなるものだと思ってたわ。やっぱり、難しいわよね。だから帰ってきたんでしょう？　私、明日レイシーさんのお屋敷に謝りに伺うわ」

「いや、明日は……レイシー姉ちゃんがうちに来るって言ってたよ」

「そうよね、わかったわ。お詫《わ》びにごちそうを作っておく」

何がいいかしらねえ、エプロンの紐を後ろ手で結びながら考える母に、アレンは若干視線を揺らしつつ口元を引きつらせる。

「……依頼は、破棄するつもりはないらしいよ。ちゃんと目処《めど》が立ったって言ってたから」

「えっ……!?」

トリシャの驚く顔も無理はない。なにしろ氷結石を使う以外の食料保存など、聞いたこともなければ想像もつかない。トリシャの声に双子達も反応し、妹を持ち上げるように抱きしめて、アレンを取り囲んだ。

「目処が立ったって、作ることができる、ということ？」

「うそうそ、できるの？　まじで？　いつ？　一週間後？　二週間後？　一ヶ月後？」

「今年は無理でも、来年の夏までには大丈夫？　すっげーーー!!」

「こら！　リーヴ、ヨーマ！　こちらが無茶なお願いをしたの！　そりゃ、みんなが外でおいしいご飯を食べることができたら素敵だけど……そんな焦らせるようなことは言わないで！」

わいわい、とアレンの周りを双子達はぐるぐると回っている。レインはわけもわからず床に尻をついて、両手をぺちぺち叩きながらきゃっきゃと笑っていた。そんな彼らを諫めようとトリシャは腰に手を当てて怒ったが、まるで耳に入っていない。

「それで、いつできるの!?」

弟達二人が声を合わせてずい、と身を乗り出した。そんなのわかるわけないじゃない！　とトリシャが叫ぶ声が聞こえる。アレンはぽりぽりと首をかいて、そっと母から視線をそらした。

「……明日、だって」

誰しもが聞き間違いだと思った。明日。明日……？　と幾度か言葉を繰り返し、今度はトリシャを含めて三人分の悲鳴が上がった。そのとき近くまで帰っていたカーゴは、家から聞こえた叫び声に何事かと扉から飛び込んだ。まさかこの平和な村に物取りか、魔物が襲ってきたかと思ったのだ。

しかし視界に飛び込んだ光景は、カーゴの想像とはまったくもって異なっていた。

ぽつりと立ったアレンを除いた子ども達はわいわいと躍っているし、トリシャは「明日？　嘘《うそ》でしょ、明日？」と同じことばかりを呟いている。

一体どうしたというのだとアレンから説明を聞き、再度、カーゴ達の家からは悲鳴が響き渡ったのだった。

＊＊＊

（すごく、楽しいなあ……）

その頃、とっぷりと日が暮れてもレイシーの手は止まることはなかった。ちくちく針を持って進む手の速さが、自分が求めるものに届かなくてもどかしい。

「キュイイイ……」

「あ、ごめんね。ティーは先に寝ていていいよ。私もすぐに寝るから大丈夫」

「キュイ」

こくり、とティーは頷いて寝ぼけ眼をこすりながらぽてぽてと寝室に歩いていく。

ぴろぴろ揺れるティーの尻尾を見送り、どうしようかな、と手元の鞄を見つめた。明日、アレン達に渡す分はとっくの昔に出来上がっていたが、もっといいものができるはずと考えて、ああして、こうして、と一度作ったものをほどきながら改良を繰り返していた。

レイシーの屋敷は村の端に位置している。さらに丘の上にぽつりと立つ一軒家は夜になるとしんと静まり返る。すいすいとレイシーは針を動かした。魔術を使うのではなく、一針ずつ丹念に確認し、考え、手を動かす。そんな中で、ぱたぱたと水が屋敷の屋根を叩きつける音が聞こえた。

滑るように滴り落ちた雨粒は、次第に窓ガラスを濡《ぬ》らしていく。それからすぐにバケツをひっくり返したように勢いよく降り出したが、夏の通り雨だ。すぐにやむに違いなかった。

雨の音を聞きながら針を進ませると、次第に不思議な気持ちになってくる。

——ざあざあ、と降り落ちる雫《しずく》を前に、レイシーは木の下で丸まっていた。


もちろん、これは過去の記憶だ。旅をしていた頃のことで、真っ黒いローブを着て、顔を隠すように深くフードをかぶりながら仲間達の会話に耳を傾けていた。

「どうする、進むか?」と、ウェインが尋ねて、「ちょっとぐらい濡れたところで、まったく構わんぞおっ!」とブルックスが笑うと、「おバカ、こっちが構うのよ!」とむんと腰に手を当てたダナが怒っている。

(ど、どう……するんだろう)

レイシーは仲間達の話し合いの成り行きを小さく座り込んで見守っていたのだが、結局進むことになったらしい。「たしかに雨脚は落ち着いてきたし、なんとかなるかな」とロージーが寒さで真っ赤になったほっぺたをこすっていた。

「ほら、行くぞ」

ウェインは振り返り、レイシーに手を差し伸べた。

彼はいつもそういった仕草をする青年で、次第にレイシーも慣れてきた。

——でもいつからだろうか。

段々とウェインはレイシーに手を差し出すことをやめるようになった。

それは決して、レイシーを放り出そうとか、呆れてしまったからだとか、そういうわけではない。レイシー自身はきちんと二本の足がついていて、魔術の腕もそこそこだ。赤子のように先導してもらう必要は、本当はどこにもないと互いにゆっくりと気づいてきた。

だからウェインはいつもはらはらとレイシーを見守りつつ、手の代わりに「大丈夫か」と声をかけるようになった。うん、とレイシーは頷いた。手を伸ばす側も、受け取る側も日々とともに、少しずつの信頼を重ね合った。

平坦《へいたん》な道も、険しい道も。

暑さに汗を拭う道も、寒さに震える道も。

ぬかるんだ、雨上がりの道も。

それでも——どうしてもというときだけ耐えかねたようにウェインは硬い指先をこちらに差し出す。

そのときも、ぐしゃぐしゃと道を踏みしめ続けた靴は泥だらけになっていた。

濃い緑の匂いが溢《あふ》れ、森の中にいるはずがうだるような湿気を感じ首筋から汗がこぼれた。

「レイシー、手を」

ちいちいと鳥達の声が薄暗い森の中を幾重にも反射していた。ウェインは振り返り太い幹を片手で握り体を支えながら、さらに反対の手をレイシーに向けた。レイシーは浅く息を吐き出し、片手を伸ばす。

すぐにウェインの手が、レイシーの手首をがっしりと摑み力強く引き上げた。

「うわ」

レイシーの軽い体は、ウェインの腕一本で持ち上げられてしまう。ひょいと引っ張り上げられ驚いて出た声は、さらに別の驚きで打ち消された。

「え、あ、うわあ！」

切り取られた崖のような隙間から見えた雨上がりの空は、どこまでも青く澄み渡り、輝いていた。世界は遠く、端の端までぐんぐんと伸びて、山も、街も、木々もちっぽけだった。きらきらと光る湖が星の瞬きのようにも見えた。

まるで、空がひっくり返ってしまったみたいだ。

「旅をしてきたかいがあったかもな」

ぽつりと呟くウェインの言葉に、うん、とレイシーも小さく頷いた。

何があったの、とダナの心配そうな声が下方から聞こえる。途端に大げさに声を上げた自分が恥ずかしくなった。「問題ない」と、ウェインは返答しつつも、レイシーの背をぽんと軽く叩いた。

そのことになぜか勝手にびっくりして、ぴん、と背筋が伸びてしまった。

――木々の葉っぱから、つるりと雫が滴りこぼれ落ちる。

ぽちゃり、と跳ねた音は、いつしかレイシーの屋敷の窓ガラスを滑り落ちていた。

色鮮やかな記憶が静かに過ぎ去り、ぱたぱたと聞こえる雨音だけを音楽に、針を動かす。

「……楽しかったな」

もちろん、苦しいこともあった。でも、旅の最中のことを思い出すと、いつもなぜだか口元が緩んでしまう。

「ウェインは、本当におせっかい」

そうして、どうしても言葉とは裏腹な表情になってしまう。

「でも、助けるときはほんの少し、一番最後だけ。……それが、嬉しかったな」

最初は心配ばかりかけていた。今もそうかもしれない。

それでも、辛抱強く見守ってくれた。

レイシーは自信なんて一つの欠片《かけら》もないけれど、ウェインがくれた信頼は、間違いなくたしかなものだ。だから「大丈夫」と、自然と口から柔らかな声がついて出る。

「大丈夫。きっと、素敵な鞄ができる」

アレン達が喜んでくれるような、そんな素敵な鞄が。

「色んなところに行ったなぁ……。海も渡ったし、竜に乗って空も飛んだ。ちょっと寒かったけどね。そうだ、ピアナは、元気かなぁ……」

今はもう、誰もいないけれど。でも不思議と、寂しさは感じなかった。

「うん。もうちょっと、頑張ろうかな」

ゆっくりと、穏やかな夜が更けていく。

次の日、陽《ひ》の光を浴びながら雨上がりの道を歩き、試作品を持ってアレンの家に行くと、なぜだかアレン達の様子がよそよそしかった。

「あ、あの、レイシーさん、本当にもう依頼した品ができてしまったの……？」

「え？　はい。もちろんです」

「まあ、そうなの……」

トリシャは頬に手のひらを当てつつ返答した。レイシーは首を傾げたが、それ以上何を言われるわけでもなかったので、ごそごそと自身が持ってきた荷物をあさった。

ちなみにカーゴが仕事に行く前ということで食卓には家族全員がそろっている。そして全員が神妙な顔をしていて、いつもは元気な双子達までちょこんと椅子に座っている。

普段と変わらないのはレイシーの膝でキュイキュイしているティーと、ティーに向かって両手をじたばた振るレインのみだ。

何かおかしい雰囲気を感じたが、とりあえず目的を達成すべく、出来上がった鞄を二つ取り出した。

「あの、とりあえず……これをどうぞ。やっぱり、食糧を長持ちさせるには冷やす必要があると思います。この鞄は一度冷やすと、長時間保冷できるように作りました。実際に冷気の魔術を込めたのは、昨日の夜になるんですけど」

「あら可愛《かわい》い。小物が入りそうで便利ね。出かけ用に一つほしいわ」

思わず、といった口調でトリシャがほころぶ。鞄はころんとした形で、アレンの案であるリボンのように結び口元を締めるタイプと、それよりも一回り大きくボタンで蓋を留めるタイプを準備した。

トリシャが気に入ったのはリボンの形なのだろう。レイシーから鞄を受け取り、目的を忘れてしげしげと鞄に目を落とす。

さて、この中でレイシーの魔術を見たことがあるのはアレンとカーゴの二人だが、実際に恐ろしいほどの威力を目《ま》の当たりにしたことがあるのは、カーゴのみだ。

冬の川を向こう岸まで全て凍らせるという離《はな》れ業《わざ》を目にしたとき、カーゴの腰は抜けていた。

おそらくレイシーは名のある魔法使いなのだろう、とカーゴは考えている。けれども今回レイシーに依頼したことは、夏でも家と同じように食事ができるようになること。魔術一つではどうにもならないことだ。

たしかに、炎天下の中ぬるい水を飲んで乾物をかじるのは味気ないし、日陰の中とはいえ硬いパンは噛むほどに体力が奪われていく。もし依頼のようなものができればとにかくありがたいわけだが、さすがにこの小さな鞄一つで何ができるのだろうと疑う気持ちだった。

いくら威力のある魔術を使用できるからといって、それとこれとは話が異なる。

「よければ、カーゴさんもどうぞ」

「ああ、はい……」

流されるままにボタンがついたタイプの鞄を持って、持ち心地を確認した。手に馴染むし、見かけよりも頑丈そうだ。しかし見たところ、あくまでもただの鞄である。初めから期待していないのだからがっかりする気持ちすらもなく、隣でしげしげと鞄を持ち上げ顔をほころばせるトリシャを横目で見た。

ものを冷やす鞄に喜んでいるというよりも、鞄そのものの形に注目しているのだろう。喜ぶ妻の姿にカーゴは目尻の笑いじわを深めた。もともと朗らかに笑っているような顔つきが、さらに深まる。

――初めの目的としては違うものだけれど、せっかくレイシーさんが作ってくれたのだし、トリシャも喜んでいる。買わせてもらうことにしよう。

鞄を買う、なんてことは久しくしていない。平民にとっては、頻繁に買い換えるものではないからだ。いい機会だ。自分が手に持っている、ボタンがついているものもいいデザインだと思う。

「レイシーさん、こちら二つでおいくらになりますか？」

「あの、その前に、鞄をあけて中を確認してもらってもいいでしょうか」

「……ああ、そうでしたね」

別に今更、と思いながらもカーゴはボタンを外し蓋をあけた。トリシャも同じくリボンをほどき、中を確認する。そして、思わず息を呑んだ。

冷たい。そんなわけがない。鞄の中は、まるで冬があるかのように、ひんやりしている。

「どうして……!?」

「ああもう、俺達にも見せてよ！」

ここまでずっと口を閉じて我慢をしていたらしいが、双子はとうとう堪《こら》えきれなくなったらしい。

最初に動くのはいつもリーヴだったが、俺達と主張している通りにヨーマと二人、カーゴが持っていた鞄の蓋をあけて、「涼しい！」「すんずしぃぃ～！」と声を上げてはしゃいでいるし、さすがのアレンもそわそわと視線をさまよわせている。

カーゴは驚き瞬いたが、鞄の内側に小さな袋があることに気がついた。それはアレンが帰った後に、レイシーが調整していた箇所である。袋は縫い付けられていて中身を確認することはできないが、触ってみると小さな硬い何かが入っている。魔石だろうかと考えた後に袋の中が涼しい理由は、すぐにわかった。

「そうか、冷気の魔術を込めているんだったな。驚いた。いやでも待て、レイシーさんは昨日の夜に込めたとおっしゃっていたが……そんな規模の魔術が、こんなに長く？」

ようは氷結石と同じようなものを作ったのだろう、とカーゴは理解したが、それならこの暑さだ。小さな魔石では周囲の気温と相まって、すぐに常温に戻ってしまうだろう。

レイシーは首を振った。

「冷気の魔術は込めましたが、魔石にではありません。ただ鞄の中に吹き込んだだけです。実際に魔石に込めた魔術は、吸収魔法です。本来なら魔物や魔族の生命力を吸収する魔術ですが、そこを周囲の温度のみ吸い込むように限定して作り変えてみました」

「えぇっと……それは、氷結石とは、違う……？」

「氷結石は外に冷気を発散させるだけのものなので、魔力を定期的にそそがないとすぐに溶けて使い物にならなくなります。けれど吸収魔法の場合、自力で冷気を吸い込むこともできますし、同時に内部の空気が常に循環されるため使い捨てにはなりません」

と、話すレイシーの言葉にカーゴ達は目を丸くして、自分達が手に持つただの鞄とおぼしきものに困惑の瞳を向ける。

にわかには信じられない。しかし、実際に鞄の中は冷たい。

「もちろん、袋の蓋はなるべく閉じて冷気を逃さないようにする必要があります。ちなみにですが、最初なので今回は私が冷気魔法を込めましたが、温度ならなんでも吸い込むので魔術を使わなくても大丈夫ですよ」

「それってたとえば、冬に袋の蓋を開いてばさばさして寒い空気を取り込んだらいいってこと？」

こんな感じで、と仕草をともないながらのアレンの疑問に、「そういうこと」と、レイシーは頷いた。

「すげぇ、便利だ。……待った！　レイシー姉ちゃん、もしかしてこれって、夏の今の温度を吸い込んだり、冬でも火を焚《た》いて周囲を温かくしたりしたら……」

魔石をつけていない鞄を見て、このままじゃ保温じゃないか、と言っていたのはアレンだ。自分自身の昨日の言葉を思い出したのだろう。レイシーは、ゆっくりと微笑んだ。

「うん。夏は保冷として。逆に冬は保温として使うこともできると思う」

アレン達家族はにわかに色めき立ったが、それとは反対にレイシーは肩をすぼめて小さくなった。

唐突に自信がなくなってきたのだ。視線の先は下に向き、思わずぼそぼそと話してしまう。

「あの、でも、保温にするなら火を焚けばいいけど、保冷にしたいときの冷気を夏に探すのは難しいから、使うなら保冷と保温とで用途を変えて二つ鞄を持っておいた方がよくって。だからそこが不便というか……中途半端かもしれないというか……」

「全然、不便じゃないよ！」

慌てたようにアレンは立ち上がった。がたがたと椅子を引きながら、テーブルに勢いよく両手をつく。

「姉ちゃん、すごいよ！　これを使ったら夏に冷たいものはもちろん、冬でも外で火を使わずに温かいスープを飲むことができるってことだろ？　今まで外でうまいものが食べられないのは、当たり前のことだと思ってた。でも、なんか、違うんだな。姉ちゃんが魔術を使うことができることも十分すごいけど、そうじゃなくて、考え方一つ、というか」

レイシーの魔術そのものではなく、レイシー自体を、真っ直ぐにアレンは見つめていた。

そのとき、奇妙にレイシーの胸が痛んだ。魔術しか持っていない、ただのからっぽの体のように思っていたものに、温かいものが、ほたり、ほたりと静かにそそがれ、染みていく。それはウェインがくれた言葉と同じように。

鞄を作りながら、ずっとレイシーはアレン達の生活がもっと便利になればいいと願っていた。そのためには、どんなふうにすればいいだろう、とただそればかりを繰り返し考えて、人見知りで、怪しげな魔法使いを優しく迎えてくれた彼らに、何かの形を残したいと思ったのだ。

ウェイン達との旅の経験も無駄ではなかった。それがあったから、たどり着けるものもあった。

レイシーはうつむいて、ほんの少し唇を噛みしめた。そうしないと、涙がこぼれてしまうと思ったからだ。でも多分、レイシーの膝の上に乗っていたティーは気づいていて、「キュイッ？」とクチバシでつんつんしていた。

「ねえ、レイシー姉ちゃんさえよければだけど、この鞄、もっとたくさん作ろうよ。それで村のやつらに宣伝しよう。姉ちゃんは、こんなすげえものが作れるんだぞって。絶対みんなびっくりする！」

「いいわねえ、保冷鞄、だったかしら。ううん、保冷機能なんて関係ないわ、こんなに可愛いんですもの。みんなに見せびらかしたいわ」

大したものではない、と首を振ろうとしたがどうにも楽しげな家族達を前にして、何も言えなくなった。「手伝う！」「手伝う！」と双子達はパチパチと互いに手を合わせて、カーゴは苦笑している。

そんな彼らを見てゆっくりと息を吸い込んだときには、いつの間にか柔らかく微笑んでいる自分の口元に気づいてしまった。

「……よかったら、皆さん、手伝ってくださいますか？　どういったデザインのものがいいのか教えてもらえれば、とっても嬉しいです」

もちろん、と同時に頷いて、たくさんの声が重なった。そしたら、全員が顔を見合わせて笑ってしまった。鞄の端に小さな星のマークをつけるのはお決まりだ。

――レイシー印の第二の魔道具、保冷温バッグの出来上がりだった。

村では静かに、ゆっくりと新しい流行が生まれていた。夏の暑い日でも鞄の中にお弁当を詰め込んで、家の中と同じようなものを食べることができる。ひんやりとした野菜は格別だ。

プリューム村には定期的に行商人がやってくる。レイシーから匂い袋を買い取り、王都に流行させた男である。一時に比べれば需要は落ちたが、それでも未《いま》だに注文は相次ぐ。

狐《きつね》のような目をした男は、すんすん、と鼻をひくつかせながら、奇妙な村の変化を感じ取った。

商売人である彼は流行の始まりを見逃さない。楽しげに弁当を食べる村人達の姿を見て、聞いて、一目散にレイシーのもとへ走っていった。絶対にあの子だ、という確信があった。そしてレイシーの屋敷へ飛び込んだ。

「レイシーさぁああああん！！！」

「な、なんですか!?」

ばこばこ扉を叩かれたのであけてみれば、細い目から滂沱《ぼうだ》の涙を流す男である。さすがのレイシーも距離を置いた。足元ではティーが威嚇している。ティーと商売人の間には色々な事情があり、それほど仲はよろしくない。

「な、なんでっ、なんでなんでっ！」

「お、落ち着いてください、紅茶でもどうですか？」

「いただきますが！　そうではなく！　なんで、いのいちにあたしに教えてくれないんですかねェ!?」

いのいち……？　とレイシーは困惑の瞳で相手を見上げた。知らぬうちに、言葉を繰り返していたらしい。

「そうですよ！」

見知った顔の相手である。てこてこ屋敷の中に移動して、椅子に座って、テーブルを前にして、

「こんっっな売れそうなお品を、なんであたしをのけものにして、のけものに、う、ひぇ、うぐう」

とレイシーから出された紅茶を泣きながらごくごく勢いよく飲み込んだ。

「しかも紅茶がつめた……ええっ!?　冷たい!?　こんなのいいんですかあ!?　いいに決まってます！」

暑い外からやってきたのだ。冷たいものが進むらしい。人によっては怒られてしまいそうだが、この人ならと思ったのは正解だった。否定から入るのではなく、まずは確認から。固定概念を取り除いて、売れるものか、そうでないかを考えているのだろう。

「アレン達の話を聞いていると、夏ですし、冷えたものを飲んでもいいのかなと」

「たしかに苦味はある気がしますが、それはそれ。茶葉や時間をどう調節しようかと夢が広がりますねえ！」

こんな言葉が来たらいいなと求めていた通りの反応に、なんだか嬉しくなってしまう。そうですね、とレイシーが返答する声まで軽やかだ。

ここまで来ると器も気になってくる。熱い紅茶を持つわけではないから、もっと両手で、手軽に持てるものでもいいかもしれない。

「よし、わかりました。売りましょう。だって冷えた紅茶ですよ？　自分達で店を作ってもいいんですが、そこまですると手が回らなくなるかもしれませんからねえ。完成したらレシピを売りつけ

てやりましょう。貴族よりも、庶民の方が親しみやすそうですから、商業ギルドに登録する手はずを整えます」

「いや、そこまでは、ちょっとまだ考えていないといいますか」

「それにあの、鞄！　保冷温バッグですか？　もうあたしは悔しくて悔しくて。売りましょう作りましょう、まずは単価はおいくらで!?」

レイシーよりも先に、ずんずんと言葉を重ねられる。嫌ではないが、困りはする。足元で「キュイオウオウ！」と普段よりも力強く威嚇しているティーがせめてもの心の支えである。

「鞄は……その、材料がなくて、そこまで作ることができないんです。ほら、以前くださった木の皮が必要なので」

「フィラフトの木ですか!?」

「あ、そんな名前なんですね……」

匂い袋を作った際に、アイデア代わりにあれもこれもと大量の布や道具をくれたのはこの人だ。すぐさま思い出せる程度の量ではなかったはずだが、職業上、記憶力がいいのかもしれない。

「すぐに！　仕入れます！　商人の名にかけて、馬よりも速く！」

「……普通でいいです……」

馬より速いとなるとブルックスの筋肉を思い出してしまう。目の前の青年はそれよりも若干、どころか、だいぶスマートな体つきなのだが。

うわあい！　とレイシー以上に喜びつつ、椅子から飛び上がったと思うとぴょんぴょこ躍りだす

彼を見て、思わず溢れた笑い声をぺちんと口元を叩いて抑えた。

こうしてレイシーにとって、とにかく忙しい夏がやってきたわけだが、それ以上に彼女を驚かせるものが来るだなんて、一体誰が予想しただろう。

実のところレイシーになら予想は可能だったわけだが、想像はしていても、いざとなると驚く気持ちが大きかった。

行動したのは、レイシー自身だったはずなのだけれど。

＊＊＊

「……ここが、プリューム村……？」

一人の女性が、一通の手紙を握りしめてぽんやりと呟いた。

川を渡る橋をゆっくりと越えてやってきたのどかな村を前に、彼女はじっと手紙を見つめ、それから眼前に視線を移動させた。彼女の淡いグリーンの髪は、幅広の白い帽子の中に隠されている。年は二十歳を過ぎた頃だろうか。顔のほとんどは深くかぶった帽子に隠されていて、ぽつんとある口元のほくろ程度しか見えないが、それでも妙な存在感がある。

女性が持った白い封筒の外側には、きらきらとした星が縁取られて、可愛らしい。

手紙に書かれた宛名は――光の聖女、ダナ様へ。

レイシーとともに世界を巡って魔王を倒した、その一人である。

『ダナ、お久しぶりです。レイシーです。

故郷の孤児院に戻ると言っていましたが、その後、いかがでしょうか。

私はといいますと、お伝えするのがとっても遅くなってしまい、ごめんなさい。

実は王都から引っ越しして、今はプリューム村という場所にいます。

優しくて、とってもいい人達《たち》ばかりです。鳥もいます。

それから、新しくお店を始めました。

忙しいかとは思いますが、もし都合がつけば、いつでも遊びに来てください。

待っています』

「待っています、かあ……」

ダナは改めてレイシーからの手紙を読み直した。

暑い日差しが頭の上からはさんさんと降りそそいだが、村に入ってまず目についたのは大きな木だ。口元に手を置いて、むふりとして、悪戯《いたずら》気分でいそいそと座り込んでみた。

きっと何度も書き直したのだろう。ダナとレイシーが旅をしたのは、たったの一年。

レイシーのことを何でも知っている……とは到底いえないけれど、それでも一年も寝食をともにしたのだ。わかっていることも多い。彼女はいつもどこか遠慮がちで、誰よりも大規模な術を使うくせに自信がなさそうで、口数だって少なかった。

近づいたら、慌てて逃げていってしまう。そんな女の子だったはずなのに、書き慣れない手紙を必死に書いてくれたのだろう。待っています、と綴《つづ》られた言葉が、妙に温かく感じる。

……しかし鳥もいるとは、どういうことだろう。

「きっと、あの子にとって素敵な変化があったのね。……それにしても、ウェイン。あいつは絶対知ってたわよね？」

思わずダナは眉間のしわを深くする。

レイシーとウェイン、二人の関係は見ているこっちがやきもきするほどだったが、周囲が口にするのは野暮だとなんとか見ないふりをし続けていたのだ。

「うーん……手紙が来てから二月《ふたつき》は経《た》っちゃったけど、大丈夫よね？　まさかもう引っ越してる、なんてことはないと思うけど」

ダナだってレイシーの様子が気になっていたが、とにかくそれどころではなかったのだ。

本当ならレイシーから手紙をもらってすぐさま飛び出したかったけれど、そうはいかなかった。

思い出すと、ずっしりとダナの体が重たくなる。まるで呪いのようなそれに、ダナは苦しげに息を吐き出し、肩をなでた。体が、重たい。木陰に座ったまま、いくらか呼吸を静かに繰り返す。目を閉じて、風の音を聞いた。暑さに汗が滲《にじ》むが、さわり、さわりと通り抜けていく風を胸いっぱいに吸い込むと、少しずつ落ち着いてくる。

「……お腹《なか》が、減ったわ」

代わりに聞こえたのは、小さなお腹の音である。きゅるり。きゅるきゅる……。

そういえば、お昼ごはんを食べるのを忘れていた。丁度手元の保存食も尽きてしまっていた。まずはレイシーの家を探そうと思っていたものの、先に腹ごしらえをする必要があるかもしれない。

ダナはゆっくりと立ち上がり、村に足を踏み入れた。

「……さて、そもそも食事処《しょくじどころ》はあるのかしら」

ダナの故郷からプリューム村は馬車を使ったとしてもいつまで経ってもたどり着かない程度には遠い。ダナは王都付近までの転移魔法の祠《ほこら》を使うことを許可されているから、あとは途中の中継地点まで馬車に乗りつつ、歩きつつここまで来た。

女の一人旅である。本来なら中継地点まではなく護衛を頼み村まで来てもらうべきだったが、ダナはとある理由によりそれを拒んだ。もちろん元勇者パーティーの一人として途中で野盗や魔物が出たところで、大抵のものならば撃退できる自信もあったのだが。

その途中でプリューム村がどういう場所か、ということはある程度は耳にしてきたつもりだ。羽根飾りの名を持つほどに昔は金のコカトリスの羽を使って商売を行っていたというが、穏やかな村だという。その中に暁の魔女が住んでいる——という噂《うわさ》はもちろんあるわけもなく、レイシーのことだ。こっそりと姿を隠しているのだろう。

王都ではダナ達の姿絵も売られている。プリューム村ではどの程度ダナの姿が知られているかはわからないが隠すに越したことはないと、くいと帽子の縁を持ち深くかぶり直す。本来の彼女は聖女という名も相まって、優しげな風貌をしている。可愛《かわい》らしいというよりも美人という言葉がとても似合う。

慎重に村の中を窺《うかが》うと、王都付近で聞いていたのと少し話が違うように思えた。王都からわざわざプリューム村まで来る人間は商人程度だろうから、彼らが口をつぐんでしまえば現在の様子はわからないわけだが、それにしてもどこか活気があるように思う。

「……お弁当あります……?」

土の道を歩き続けていると、はたはたとのぼりが風に揺れていた。「お弁当、ありますって?」と、あまりの不思議な言葉に、思わず二回読み上げてしまった。

お弁当、という言葉の意味はわかる。ダナも今でこそ聖女と扱われてはいるが、教会で孤児院の世話役を兼任していて、以前はよく子ども達とピクニックに出かけたものだ。しかし氷結石をすぐに手に入れられる王都や、権力のある貴族ならばともかく、ダナが考えるお弁当とは夏の時期ならば硬い黒パンで冬の時期なら冷たいスープだ。

王都から馬車で二日程度の距離とはいえ、プリューム村も似たようなものだろう。つまり、黒パンを店先で売っているということだろうか。

その割には仰々しいのぼりである。どういうことかと近づいてみると、看板が立っていることに気がついた。

『本日の弁当、日替わりランチ詰め合わせ。銅貨三枚』

「パンじゃなくて、ランチの詰め合わせ……？　それが、銅貨三枚!?」

あまりにも安い。ランチ、ということは一般的な食事と同じものということだろうか？　そんなわけがない。安すぎる商売にはなんらかの裏があるということを知る程度には年を重ねてきたつもりだ。だからそんな、安さだけに流されるわけにはいかない……とは思うものの、ダナの頭の中でちゃりちゃりと残りの旅費が計算される。

　保存食の味気ない食事には飽きてきたが、外食をするには懐が気になる。ダナはとにかく、人よりもお金が気になってしまう。あればあるほど嬉《うれ》しいし、もらえばもらうほどありがたい。彼女が魔王討伐の任務に加わった理由は多額の報奨金のためで、王都からプリューム村まで馬車で真《ま》っ直《す》ぐやってこなかった理由は、ようは旅費をケチったのである。

　光の聖女のダナといわれてはいるが、実は彼女を照らす光は、ぴかぴかの金貨の輝きであることを知るものは意外と少ない。

　ケチか、そうでないか聞かれれば、ドケチという称号をあらん限りに両手で抱きしめ認める彼女だが、必要な経費までを抑えたいわけではない。旅とは体力以外にも相当にメンタルが削られる。だからこそ素泊まりの宿以外にも、たまにはリッチな宿に泊まって英気を養うことで最終的には効率が上がることを知っている。ならば今は、おいしい食事を食べるべきだ。

　結論を出した瞬間にはダナは店の中に入ってしまっていた。店内だというのに帽子を深くかぶり顔を隠すダナに愛想の悪い店主はわずかに怪訝《けげん》な顔をしたが、「いらっしゃい」と小さく声をかけてくれた。

店の中で食事をすることもできるのだろう。テーブルが二つに、それぞれ椅子が四脚ついている。昼というには随分中途半端な時間だから、客の姿はまばらだ。

「珍しいね、外の人かい」

「ええ……。あの、お弁当、というのぼりが気になってしまって。まだ売っていますか？」

「もちろん。一つで構わないかい？」

こくりと頷《うなず》き、ダナは店主に銅貨を渡す。

「……ええっと、日替わりランチって」

「今日はパスタ。とれたてのフレッシュトマトを使用している」

「それはおいしそうな……ではなく」

そういうことを聞きたいわけではなかった。そもそも、弁当というものが存在するのか。店で出すようなランチを本当に詰め込んでいるのか……ということが聞きたかった。けれども店主はさっさと背中を向けて、カウンターの下に置いてあるらしい箱をあける。一つ取り出したかと思うと、今度は別の箱からもう一つ。

（……えぇ？　そこからなの？）

たしかにカウンターの下は日陰になっているし手軽に取り出すことができて便利だろうが、保存場所としてはどう考えても適さない。今更ながらに不安になった。やっぱりやめよう、とまで考えてしまう。返金が無理でも仕方がない。勉強料というものもときには必要だ。これも人生の経費である。

「店主さんごめんなさい、やっぱり――」

「どうぞ。水はおまけ。デザートつき」

「あらどうも」

渡されたので、思わず受け取ってしまった。いやいや、と首を振った後に、手のひらの感覚に驚く。――冷たい。

手渡されたのは大小二つが重ねられた箱である。

丈夫な紙を使っているのだろう。使い捨ての紙箱の蓋はぴったりと閉じられて冷たい。いつの間にか水まで突き出されていた。

「おまけで保冷バッグもつけられます。銀貨四枚」

「ほれい……？　いえ、お高くなるのはちょっと」

「それならすぐ食べるかい？　外で食べるならコップはあとで返しに来てくれたらいいから」

「はあ……」

肯定も否定もしていないつもりだったのに、店主は納得したように去ってしまう。結局、弁当と水を抱えたままダナは静かに店の扉をくぐり、もとの木陰に戻っていった。

やっぱり選択を間違えたような気がする、と若干の後悔もあったが、木陰の下には柔らかい草が生えており、そのまま座って食べてしまおうとダナは判断した。持っていたコップはこぼさないようにゆっくりと地面に置き邪魔な帽子も脱いだ後、改めて弁当を膝に載せる。ひんやり、している。

スプーンとフォークは旅の鞄《かばん》の中から取り出した。こんなときのために準備済みだ。本来の購入層は村人達だろうから、フォークは持参前提なのだろう。

「やっぱり一時の感情に流されてしまったかしら……」

じっと蓋を見つめていても仕方がない。恐るおそる、と固定されていたバンドを引き抜き、大きな方の箱をあける。中身はパスタ、とわかってはいたのだが。

「えっ……」

食べやすく一巻きごとに入れられたパスタには、半分に切られたミニトマトとミントが添えられていて、赤と緑が食欲をそそった。そもそも冷たいパスタってどうなのかしら、と疑っていた気持ちはくるくると鳴るお腹と可愛らしい彩りに押し込まれるように消え去って、突きさしたフォークをぱくんと口の中に入れていた。

「んん……!!」

こんなのするする入ってしまう。さっぱり、すっきり。

「はあ……いいわぁ」

夏に冷たいものを食べることって、こんなに幸せだったのね、と改めて感じてしまった。端に入れられたゆで卵は白身がつるんと愛らしいし、憎らしいことにもただ半分に切るだけではなく、飾り切りをされていて、花のようだ。隣に入っているパリパリのきゅうりはそれこそ今切りました、といわんばかりである。

「なんなのよぉ、可愛いし、安いし、おいしいし！」

おいしいことは重要だ。でもそれと同じくらい、安いことだって大切だ。さらに飲み込んだ水も、きんきんに冷えていて幸せだ。夢中で喉を潤した。

「でもなんで!?」

安ければ安いほど嬉しい、でも理由のない安さはそれはそれで気持ちが悪いものだ。

何度も痛い目に遭いつつダナが気づいた事実は一つ。物事には、適切な値段があるということ。

「……このお弁当箱には、なんの仕掛けもないわよね、ということは……やっぱり問題はあの箱……？　そういえば、ただの木箱じゃなかったわ。もっと密閉されていて、そう、中の冷気が漏れ出さないようにしているような……小型の氷囊庫《ひょうのうこ》ということ？　誰が考えたかわからないけど、いいアイデアだわ」

得意の計算をするときと同じように、ダナはちゃかちゃかと頭の中で組み立て思案する。

「単価が安いのは作る時間が違うからね。あの店の規模なら店員は二人か一人、となると昼食時は手が回らなくなるはずよ。座席もあえて少なくしている感じ。お客に対して店員の数が足りないという問題をお弁当でクリアしたのね……！　これなら保存がきくから、当日の朝にでも一度にたくさん作ることで時間というコストを削減できるし」

野菜も村で作られたものを使用しているのなら、王都よりも安いことに納得だ。

「なるほどすっきりしたわ！」

お金の謎を放っておくと胸の奥がもやもやしてならないので、これで安心である。と一段落したところで、ダナはあえて目をそらしていたそれに目を向ける。もう一つ、店主から渡された小箱である。

おそらくこれが店主がデザートと呼んでいたものだろう。すっかり食べ終えたからっぽの弁当箱を横に置き、一回り小さな箱を持ち上げ確認してみる。先程のものよりも、さらにひんやりと冷えている。

「……いざ、参らんっ！」

気合の掛け声とともに蓋をあけてみると、木苺《きいちご》が詰められていた。

きらきらと、まるで宝石のように光り輝いている。しかし。

「お、お弁当に、木苺……？」

ラズベリーとも呼ばれるそれは夏が旬であるくせに日差しに弱く、すぐに傷んでしまうはずだ。

驚きつつもダナは静かにスプーンを取り出し、そっと差し入れ、口の中に含んでみる。

「ふ、ふんむ……っ!?」

食べ慣れた甘酸っぱさとともに、しゃりっと未知の触感が手を取り合って踊っている。

「こ、これがデザッ、デザート!?」

混乱してきた。そしてしゃくしゃくほっぺの膨らみが止まらず、夢中で食べ終えた。あっという間にからになった二つの弁当箱を見つめ、すっと息を吐き出し、木の幹にもたれかかった。さわさわと揺れる葉っぱの音が、目をつむると優しく聞こえる。瞬間、カッと瞳を見開きダナは跳ね上がるように立ち上がった。

そして弁当箱、かつコップと旅の荷物を抱きかかえ、全速力で店に戻る。

店に入ると、先程までいたはずの客もおらず、「いらっしゃい、お早いお帰りで」と相変わらず適当に出迎えてくれる店主一人がいるだけだ。

「コップを、お返し!!　しますわ!!」

「ご丁寧にどうも」

「箱はどうしたらいいのかしら!?」

「一応もらっときましょうか」

どうぞと全てを返却しつつ、ダナはそわそわと周囲を見回す。焦って帽子を脱いだままにしてしまっていたことに今更気づいたのだが、向こうも反応する様子もないようで安心した。それより、とぺたぺた自分の頬を触って、視線をさまよわせた。しかしすぐにカウンターに手を乗せ、ぐいっと体を寄せて問いかける。

「……あの、このお弁当、なんですか？」

「冷製パスタです」

「あらそんなお名前だったのね……ではなく！　こんなの初めて食べましたが、この村ではこれが一般的なんですか？」

思わず問いかけずにはいられないほど、ダナにとってこれは新しすぎる文化だったのだ。これでも普段は聖女として貴族を相手にすることも多い。こんな新しいものを貴族達は放っておかない。だから小さな村の中だけで栄える不思議な文化は、素晴らしくもあるが同時に奇妙でもあった。

「ん、いや……弁当は最近始めたばかりだな」

「それなら誰が考えたんですか？　さっき、保冷バッグ、とおっしゃってませんでした？　その足元にある箱とは違うの？」

「保冷バッグは、ただの鞄さ。中に入れておけばすぐに食べなくても冷たさが長持ちする。この箱は、鞄を箱に変えて、店に置く用に大きくしたものらしいけれど」

「らしい？　あなたが考案したわけじゃないの？」

「まあ、そりゃね」

問いかけても、妙に口が重く、店主はそっぽを向いている。どうにも話したくない事情があるのかもしれない。

これではまるで詰問だ、とダナは反省した。これほどのものなのだから、焦らなくてもすぐに国中に広がっていくだろう。普段は貴族を相手にすることも多い手前、できるなら事前に知っておきたくはあったが、まあいいわと首を振った。

「……ところで、この辺りにレイシーという女の子は住んでいませんか？　黒髪で、ちょっと小さくて可愛らしい感じの。私、彼女を訪ねて来たんですけど。『星さがし』って、知ってます？」

「知っているも何も」

レイシーの名を出した途端に、店主は固い顔を柔らかくさせた。一体どうしたというのだろう。

「なんだ、君はレイシーさんの知り合いか。保冷バッグを作ったのはあの子だよ」

ダナは大きな瞳を、さらに見開いた。

驚きを抑えることもできず、レイシーが……？　と小さく口の中で呟《つぶや》いた。

それからダナは店主から屋敷の場所を聞き、礼を告げて店を出ようとしたところで、やっぱりと後戻りした。

手に持っているのは、保冷バッグだ。正式には、保冷温バッグ、というらしい。いくつかのデザインが選べたから、ダナが選んだのは花の刺繍《ししゅう》が入れられたタイプで、見ているだけでも明るい気持ちになってくる。刺繍は花以外にも小さな星がちりばめられていた。レイシーからもらった手紙にもあった模様だ。そしてダナは一つ、別のものも思い出した。

少しずつ考えて、理解したとき、いきなり彼女の体が動かなくなった。道端でうずくまり、体を引きずる。少し休憩して、息を整え、ゆっくりと歩いていく。痛みに体が震えていた。

「う、く……」

まるで、呪いのようだ、とダナは思う。

このところ頻繁になってきた、とため息をつくような気持ちでやっと坂を上りきると、大きな屋敷が立っていた。貴族が住んでいると思っても遜色ない、といいたいところだが、きらびやかな装飾がどこにもないからか、なぜだか素朴に感じる。

『何でも屋、星さがし』

立てられた看板には、たしかにそう書いてある。

「本当に、あの子なのね……」

何かひどく、奇妙な気分だった。

自分のことなんて、まるでどうでもいいと考えているような顔をしていた少女なのに。そしてそれは事実だったのだろう。死ぬために生きているような、そんな女の子だった。本人に告げたら、否定するかもしれないけれど。

……そんなあの子が。

息を吸い込んで、ダナはゆっくりとノッカーを叩《たた》いた。こつん、こつん。

静かな、音がする。

＊＊＊

「……これは、どうなのかしら」

「んんきゅいーいぃ……」

ぎらぎらとした太陽を見上げ、レイシーは唸《うな》るように言った。足元ではティーも相槌《あいづち》を打つようにゆっくりと羽を動かしている。

レイシーのもとに落ちてくる日差しはいつもよりも控えめだ。原因はわかっている。頭の上ではわさわさと葉っぱが揺れていて、太い幹の頂きには茶色く硬い大きな果実がいくつも。ごろごろと。

レイシーはうっそりと両目を細めた。

「……絶対最初はなかったわよね？」

「キュイキュイ」

ティーは肯定とばかりにもふもふと頷いている。そうよね、とレイシーは首を傾《かし》げた。

――レイシーが見上げていたのは、ココナッツの木だ。

たしかに屋敷の裏手にある畑の周囲にはもともと幾本かの樹木はあったが、さすがにココナッツまではなかったと断言できる。レイシーからいわせてもらうと、ある日突然生えてきたとしかいいようがない。

そもそも不可思議なものはココナッツだけではない。見回してみると、覚えのない植物がいたるところに育っていた。さすがにこれはおかしいと思ったものの、理由はなんとなくわかっている。レイシーの魔力である。

レイシーはウェインからもらった上級の薬草を、畑に魔力を込め育てることでさらに特級へと変化させた。その際、周囲の土まで変異させてしまったのかもしれない。

「うーん……」

まさか何もないところから生えてくるわけもないから、地中で眠っていた種がレイシーの魔力にすくすくと反応してしまったのだろう。村には魔物避《よ》けが張られているが、丘の上に立つレイシーの屋敷は対象外だ。長い年月をかけて魔物達が食べかすとして様々な種をほっぽり出してきたのかもしれない。

考えてみた。

「まあ、この付近だけならいいかな……」

一応、屋敷の周囲の土地はレイシーの所有ということになっている。

明らかに時期がそぐわないようなものも交じっていたが、誰か来ることもないわけだしと目をつむることにした。頭の上で鈴なりになってわさわさと風に揺れるココナッツや、謎の生態系が生まれてしまっているわけだが、また後で考えよう。

とりあえずそういうことにしよう、と大きめに独り言のふりをするかのようにレイシーは呟いた。

「さて、薬草の手入れでもしようかな……」

現実から逃げ、ココナッツに背を向けるレイシーの後ろをティーがきゅいきゅい言いながらついてくる。日課である畑の水やりや土の具合を確認して額の汗を拭おうとしたとき、レイシーの腰につけた焦げ茶色のバッグから、ちりりん、とベルが鳴った。

小指ほどのサイズのベルを屋敷の玄関ドアと連動して音を鳴らすように調節したのだ。広い屋敷の中だし、レイシーは畑に出ていることも多いから、急な来客にも対応できるようにと作ってみた。

何でも屋を始める手前、たくさんお客さんが来てしまったらどうしよう、と不安と期待を半分にしてせこせこと魔道具を増やしてみたのだが、思い出すと悲しくなる。

「……アレンかな？」

便利なはずの魔道具も、実際使われる人間はいつも同じと決まっている。いやでも、作って損はなかったはず。……なかったよね？　とどんどん自信がなくなってくるのはいつものことだ。落ち込みそうになって、丸くなった背中と一緒に地面を見つめた。

けれども、今度は反対にしゃんとして前を見る。

「で、でも、保冷温バッグは、すごく……よかったと思う！」

レイシー一人では、絶対に出来上がらなかったものだ。

こんなものを作ってほしいといわれればなんとか形を作ることができても、最初のとっかかりが思いつかない。来客者を教えてくれるベルのことは、野菜を抱えてやってきたアレンが困っていたからなんとか考えついただけだ。

つまり自分は頭が固いのだろう、とため息が出そうになった。匂い袋もそうだ。ブルックスがいなければ考えすらもしなかった。

魔物ならいくらでも倒すことができて傷つけることには長《た》けていても、その反対をすることは難しい。それがとにかく悔しかった。

（……うん）

レイシーだけではなく別の誰かがいれば、とっぷりと夜中のように暗い道でも、小さな明かりが見えるような気がした。それは砂粒をこすり合わせたような、本当にわずかなものだったけれど、真っ暗で恐ろしい道も、どこか柔らかく感じた。

ゆっくりと瞳を閉じて、そうっと胸元をなでる。

アレン達一家の、ありがとうという言葉とともにもらった笑顔を思い出すと、胸の底が温かくて、強く何かに摑《つか》まれてしまったみたいだった。思い出す度に、耳の裏が熱くなって、ぎゅうっと胸が苦しくなる。でも多分、これは。

――嬉しい。

「キューイィ！」

「あ、あうっ！」

うりゃっとティーがレイシーの頭の上に飛び乗った。羽を広げて胸をはり、百点満点のポーズである。思わずその重たさに悲鳴を上げてしまったが、同時にレイシーの鞄につけたベルが、またちりちりと鳴っていた。そうだ、お客様が来ていたのだ。

「いけない！　ティー、ありがとう。すごく重い、けど……」

訪問者はアレンに違いないだろうが、この暑さだ。あまり待たせるのも申し訳ない。

頭の上に乗っているティーに手を伸ばして確保して、レイシーは慌てて緑の畑を駆け抜けた。

——それにしても、道具とは便利なものなのだと改めて感じた。

なければ気にならないものなのに、あるとなるとその存在に感謝する。レイシーは、今までずっと人形のように生きてきた。それは少し、思い出すと悲しいものであったように思う。心を殺すように生きてきたのだから。

一人で、生きたい。

からっぽな自分が嫌で、自分の内側に、何かの意味をたっぷりと込めたかった。ただそれだけだったはずなのに、レイシー・アステールとなった今、レイシーの中にははっきりと一つの願いが生まれ始めていた。

（道具を、作りたい）

心を殺すのではなく、誰かを笑顔にするような。誰かの幸せになるような。もっともっと、たくさんの幸せを渡せるような。

「……おまたせして、ごめんなさい！」

ティーを抱きしめつつ息を切らしながら飛び込むと、ノッカーを叩いている人間はアレンではないと気づいて驚いた。

大きな布帽子をかぶっていて顔は隠れているが、女性なのだろう。レイシーよりも背が高く、綺《き》麗《れい》な白色のワンピースを着ている。屋敷の扉を叩くのは、アレンか、ウェイン、あとはまあ、ブルックスくらいだろうと思ったのに。

（ま、まさかお客様……？）

腕の中でばたばたしているティーを力いっぱい抱きしめた。

「赤いコカトリス……？　ううん。そんなわけないわよね。もしかして、フェニックスなのかしら？」

ころろん、と鈴を鳴らすような声が聞こえた。瞬間、レイシーは瞬いた。

「……ダナ!?」

「久しぶりね、レイシー。可愛らしいお手紙をありがとう」

白い布帽子を脱ぐと腰ほどの長さがある癖のない淡いグリーンの髪が、ダナの肩をさらりと流れた。緩くほんのりとした笑みは旅をしている最中と変わらない。

レイシーは、ただただ呆然《ぼうぜん》としてダナを見上げた。何度見たってダナだ。見間違いでもないし、変化の魔術を使っているわけでもない。瞳をあらん限りに大きくさせてあんぐり口をあけるレイシーを見て、ダナは困ったように口元に手を当てつつ、くすりと微笑《ほほえ》んだ。

「レイシー。あなた、もともと大きな目をしているのに、そんなに見開いたらころんとこぼれちゃうんじゃないかしら？」

目の前には真っ白で、ぴかぴかなテーブルクロスが敷かれている。その上には受け皿に載ったティーカップが二つ。

掃除をしたばかりでよかった、とレイシーは椅子に座ったまま静かに胸をなで下ろした。それから今度は体を硬くして、眼前のダナを窺うようにそろりと見上げる。テーブルの下では丁度ご飯の時間だったティーがもそもそと薬草をつついていた。

「ンキュッ、ンキュ、ンンキュ！」

ベリーデリシャス、とご満悦の様子である。

ティーはなんでも食べることができるが、なぜか好物は薬草である。その声が、うっかり意識が遠くなりそうなレイシーをなんとか引き戻してくれた。

ダナの細い指先が持ち手をつまんで、つい、とカップを持ち上げる。唇を湿らせ、こくり、と喉を通る音がした。

レイシーはももの上に置いた拳をぎゅっと握った。

「……すごくおいしいわ」

にっこりとダナが微笑むまで、レイシーは生きた心地がしなかった。

なんでこんなに緊張しているんだろう、と自分にだってわからない。嘘《うそ》だ。ダナとレイシーが、二人きり――正確には、二人と一匹だけど――なんて、初めてのことだ。旅をしている間は、必ず誰かがそばにいた。

ダナがレイシーの手紙を見てわざわざ村までやってきてくれたということは、ダナの言葉でわかった。さすがにダナが住む街から歩いてプリューム村までやってきたということはないだろうが、転移の祠を使ったのだとしても長旅だったはずだ。

初めはダナを見て驚いて、呆然としていたレイシーだったが、すぐにそんな場合ではないと気づき、慌てて屋敷の中に案内した。そして緊張しつつも紅茶を淹《い》れた。

(な、なんで、来てくれたんだろう……)

来てほしいと手紙を書いておいてと自分自身呆《あき》れてしまいながらも、考えてしまう。どきどきしながら手紙を送って、そこから先の未来はレイシーの中で真っ白だった。こんなふうに彼女がやってきてくれるとも、そうでないとも思っていなくて目の前の事実に混乱している。

そんな自分をごまかそうとカップの中をティースプーンでかき混ぜる手はかちゃかちゃ音が立つし、だらだら冷や汗が止まらない。

「あなたが引っ越したって聞いてびっくりしたわ。ねぇ、このことをウェインは知っているの?」

「え、うん……。あとはブルックスも。ロージーにも手紙を送ったけど、返事はないかな」

「ロージーは手紙をもらったことすら気づいてないかもね。ポストなんて見そうにないし。それにしても、ウェインはともかく、ブルックスも。へぇ」

若干、温度がひんやりと下がったような気がした。

ブルックスとダナがよく対立していたことは、人との関わりが下手くそなレイシーでも気づいていた。正確にいうと、前線で戦うため怪我《けが》をしやすいブルックスに、それを毎回治さなければいけない聖女としての役目を持つダナが、よくブチギレていたのだ。おっとりしているダナだが、怒ったらとても怖い。

対立していたというよりは、どこ吹く風と気にせず大声で笑っているブルックスにダナの怒りがさらに爆発していただけなのだが、それを端っこで見ていただけのレイシーは思い出したらガタガタと縦に震え始めた。持っているカップの表面が波打っている。

「それにしても、ごめんなさいね」

「ひゃいっ！……え、何が？」

「いきなり来てしまったことよ。本当なら手紙を出してあなたの都合を聞いてからの方がいいに決まっているんだけど。いてくれてよかったわ」

「ううん、そんなの全然問題、ないけど」

「それならよかったわ。レイシーからの手紙を見てからすぐにでも行きたかったんだけど、休みの調整が合わなかったの。予定しても、いつもすぐにだめになってしまうから、決まったときに行くことしかできなくて」

と、首を振りながら、以前にも似たようなことがあった気がするぞとレイシーは考えた。

そう、くだんのブルックスである。ダナと事情は違えど、彼は自分が来た方が早いとレイシーの屋敷の扉を力いっぱいに叩いた。

ダナとブルックスは正反対だが、反対をひっくり返すと同じものになってしまう。相性が悪いように見えて、実は仲がいい二人である。レイシーはちょっとだけ笑いそうになった。そんなところでダナは優しげな顔から、キリッと表情を引き締めた。

いきなり変わってしまった雰囲気に驚いて、また少しレイシーは縮こまってしまった。

「ねえ、あなた、何でも屋をしているって手紙に書いていたわよね。それとこれ、さっき村で買ったんだけど、レイシーが作ったということで間違いない？」

と言いながらテーブルに出されたのは、見覚えがあるものだ。保冷温バッグである。

匂い袋を含めて、レイシーが作ったということは村の人達以外には秘密にするようにしている。狐《きつね》のような目をした行商人もそうすべきだと言っていたし、レイシー自身も積極的に伝えるつもりはなかった。保冷温バッグはまだ流通が整っていないけれど、そろそろ商人の手を通して王都に売り出されるはずだ。

けれどもダナを相手に隠す必要はなかったから、レイシーはすぐに頷いた。

「う、うん。間違いないわ。……もしかして買ってくれたの？　それならわざわざ買わなくてもあげたのに」

「それはいいの。私、お金は好きだけど、払うべきお金を払わないことはとっても嫌いなの。だってそういうものはもらうべき報酬をもらえないことにいつかはつながってしまうもの」

ダナの主義はレイシーにはよくわからないものだが、彼女は彼女なりのルールに従って生きている。そこをわざわざ曲げようとは思わないから、わかったと首を縦に振った。それに彼女がお金を払うべきもの、と認識してくれたということはレイシー一人の力でできたものではないにしろ、素直に嬉しかった。また胸の辺りがほかかりと温かくなってくる。

「このバッグはまだ使っていないけど、村でお弁当を買って食べたわ。きんきんに冷えていて、とってもおいしかった。レイシー、あなたが魔法使いとして、優秀……ううん、そんな言葉一つじゃ収まりつかないほどということはわかっていたけど、それ以外にもこんな才能があるだなんて知らなかったわ。すごく驚いた」

でも、これはちょっと褒めすぎだ。きちんと事実を訂正せねばならない、とレイシーは困りつつ否定する。

「これは、私だけで作ったものじゃないの。こんなのがあったらいいな、というアレン達、えっと、村の人達の言葉があったからできたもので、私がすごいわけじゃないわ」

「作ったものが一つきりならそうかもね」

何やら意味ありげな言葉である。

ダナはさらに荷物から、あるものを取り出した。それこそ保冷温バッグ以上にレイシーにとって見覚えのあるものだった。

「……匂い袋？」

「ええ、匂魔具《ほうまぐ》、というんでしょう。王都では大人気よね。匂いは新たな装いの一つと流行を生み出した、大変な魔道具だわ。私は聖女という役割上、貴族を相手にすることが多いの。貴族は流行、という言葉が大好きよ。だから私も市場を観察して乗り遅れないようにと気をつけているつもりよ」

さすがはダナだ、とレイシーはぱちぱち、と瞬いた。

レイシーにはそんなことはできない。きっと彼女はその類まれなる美貌とトークスキルによって多くの貴族を手のひらの上で転がしているのだろう。

「……本当に、ダナはすごい」

「私はただ聖女という才能があって、そもそもこういったものに興味があるだけ。レイシー、理解していないみたいだけど、あなたの方が素晴らしいのよ。この匂魔具も、あなたが作ったものね?」

袋の底にダナはつんと指先を向けた。そこにはアステールの印があった。

アステールとは星を意味する言葉である。匂い袋は王都で大流行した。けれどもその分、偽物も多く出回った。本物である印として、レイシーが手を加えたものには必ず星の刺繍をちりばめるようにした。

印自体も行商人の手により商業ギルドに登録をされているから、袋の制作を村人達に手伝ってはもらっているが、この印を使えるのはレイシーだけだ。保冷温バッグにも同じ印をつけている。

ダナはそのことを言っているのだろう。首を傾げつつ頷くと、ダナは「やっぱり」と言葉を漏らして、額に手のひらを置きながら長いため息をついた。

「……本当に、この子は」

呆れているような声にも聞こえる。

いや、違う。相手の心情を勝手に想像して、悪く捉えてしまうのはレイシーの悪い癖だ。

聞かなければ、相手の本意なんてわからない。ぐっと唇を噛《か》んで、自身の胸元を摑むようにしながら前を見る。

「だ、ダナ、その、私」

「本当に――すごいわ」

「…………え？」

しみじみとした声だった。やってきた言葉はぽっかりとどこかに落ちてしまったようで、レイシーの体を通り抜けたはずなのに、時間が経つほどに実感がわいて、重たく、腕の中がいっぱいになったような気持ちだ。実感がなくてすかすかしているのに、褒められたと思うと耳の後ろが勝手に熱くなってしまう。

「すごいって、その」

「保冷温バッグ、匂い袋。手紙をもらったときは、何でも屋ってどういうものなのかしら、とちょっと不思議に思っていたの。でも実物を知ると、相変わらずあなたはすごい、と。なんだかそれ以上の言葉が出ないわ」

しみじみとしたダナの声に、レイシーは思わず口をつぐんだ。きゅっと口元を一文字にして、耳ばかりが赤くなっていた。そんなレイシーを見て、ダナは愛《いと》しげに微笑んでいたが、レイシーは照れるあまりに自分の手元ばかりに視線を落としていて気づかなかった。

それからダナは先程と同じく、すぐに表情を引き締めた。

「レイシー。あなたに、いいえ、何でも屋の『星さがし』さんに依頼したいことがあるの」

ダナはレイシーが何でも屋を始めたと知ってはいたけれど、何をしているのかは知らなかった。だからこの言葉は、村にやってきてからの願いなのだろう。真剣な声にびっくりしつつも、レイシーは顔を上げダナを見つめた。

（あ、あれ……？）

よく見ると、ダナはひどく顔色が悪い。彼女には似合わないような、陰鬱で、重たい空気を吐き出すように苦しげに瞳を細めた。

「……私は聖女だから。これは誰にも言えない話で、レイシーが『星さがし』でなければ伝えるつもりもなかったわ」

「ダナ……。あの、ダナの力になれるのなら、私、なんでもするから！」

「ありがとう。……とにかく、体が重いの」

「体が、重い……？」

もしや呪いだろうか、とレイシーは眉間にしわを寄せた。アンデッド系の魔物に取り憑《つ》かれているのならばありえる話だ。

ダナはテーブルに覆いかぶさるような勢いでずい、とレイシーに近づいた。彼女の瞳は力強く、しかし対照的に深い闇の中に呑《の》み込まれているようで思わずのけぞって逃げそうになったが、何でも屋への依頼だ。気合を入れて、レイシーはぐっと拳を握った。

「か、体が重い。それ以外は？」

「頭が痛い。腰が辛《つら》い。めまいがする」

（や、やっぱり呪い……!?）

聖女がアンデッドに取り憑かれているのに除霊ができないだなんて、大きな声では言えない話だろう。ダナが手こずるとはよっぽど強力な魔物に違いない。

「日中ふらふらするし、日差しが辛いし、ここまで来るのだって本当は大変で、大変で大変で」

「そ、それって、やっぱり！」

「そうなの！」

ダアンッ、と勢いよくダナはテーブルをぶっ叩いた。ちょっとだけカップが浮いた。

びびってレイシーも一緒に椅子から浮いた。


「貴族のクソ親父《おやじ》どもの対応にドがつくほどのストレスにこっちの体は限界なのよォオオオ！！！！」


ちょっと何を言われているのかわからなかった。

吠《ほ》えるワンピースの美女の姿に、「おクソ……？」と思わず丁寧に言い直した。足元では、ンキュインキュイ、とデリシャスデリシャスとティーが薬草をもしゃもしゃさせている音が聞こえる。

はあはあとダナは肩で息を繰り返し、握りしめた拳は震えていた。

「あ、えっと、あの……？」

多分、この光景はよく見た。

いくら言っても怪我をしてぼろぼろで帰ってくるため、『毎回毎回ふざけんじゃないわよ、聖女の奇跡だって私の体力と引き換えなんだから、いい加減あんただけ別料金もらうわよぶっとばすぞ!?』とダナがブルックスの尻に向かって力強く正拳を叩き込んでいた光景とまったく同じである。彼女は肉体派聖女だった。

「あらやだ私ったら。ごめんなさい、さっきのはあなたに向かって言ったわけじゃもちろんないからね、勘違いしないでね!?」

「も、もちろんわかってる、大丈夫……」

実はちょっと一瞬だけ意識が遠くなりかけてはいたが、レイシーはふるふると頭を振った後にきゅっと口元を引き締め、しっかりとダナに向かった。今レイシーがすべきことは一つ。ダナからの依頼をはっきりと把握することだ。

（依頼、というからには、下を向いてるばかりじゃだめ。ちゃんとしなくちゃ）

ダナはレイシーが『星さがし』だからこそ伝えようと思ったと言ってくれた。それなら自分だって、何でも屋の『星さがし』としてきちんと受け止めなければいけない。

「ダナ。それでストレスが溜《た》まっている、というのはどういうことなの……?」

願いを叶《かな》えるにはまずは依頼の理解が不可欠だ。

レイシーは先程までと打って変わってテーブルの上に手のひらを載せながらぴんと背筋を伸ばして問いかけた。その姿を見てダナは少しだけ意外そうに瞳を瞬かせたが、すぐにレイシーの意を汲《く》んでくれたようで、より正確に、彼女は自身の状況を語った。

「知ってのとおり、私はただの聖女よ。あなたのように魔法使いではないから、魔術を使うことはできない。ただの神の意向を伝える手段として選ばれた存在であり、奇跡と呼ばれる回復の力を使うことができるわ」

レイシーは頷く。ダナの奇跡はレイシーの魔術とも、ブルックスの体の内側にある魂の力を変換させる技とも異なる。ただ本当に、奇跡としかいいようがない。

神に選ばれた限られた者のみが使用できる御業《みわざ》であり、怪我、病に関係なく人々を癒やす力だ。ダナは勇者パーティーの中で欠かすことのできない存在だった。彼女がいなければ、誰もが欠けることなく旅を終えることは不可能だっただろう。

奇跡の御業とは、人に施す善の精神をもとにしている。呪いと呼ばれる精神の汚染すらものともしないダナの力だが、回復の力を持つ者は同じ聖女や聖職者からの力を受け付けない。

つまり、自分自身に使うことはできないため、ダナは日々筋トレを欠かさず、魔物からの呪いはいつも気合で粉砕していた。『フンッ！』と叫びながら両足でしっかりと地面を踏みしめ拳を握っているダナの姿は、今もレイシーの脳裏にしっかりと刻み込まれている。

それから、と思い出す。魔王を倒して、旅を終えたらどうするのか。焚《た》き火《び》の弾《はじ》ける炎を見ながら仲間達が話していたことだ。

レイシーは彼らのように楽しげに談笑することなんて到底できなかったけれど、小さくうずくまりながら、それでも耳だけはそっと彼らの会話に傾けていた。

その中でダナが言っていたことは、聖女の力を、きちんと対価を得て使用したいということ。

「……旅を終えた後に孤児院に併設して医療院を作ったの。びっくりするほど忙しい日々だったわ。貴族も平民も関係なく、と言いたいところだけど、やっぱりお客様商売ですもの。気位が高い貴族達の相手は特に面倒なのよ。やれ自分を優先しろだの、やれ専属になって、自分だけに奇跡を分け与えろだの。毎日ストレスしかないわ」

ダナは重たいため息をついた。「けれども！」と声を荒らげ主張する。

「お金のためですもの！　貴族は金払いのいい上客だし、逃がすわけにはいかないわ！　笑顔なんて顔に貼り付ければいいだけだし、私のトークでいくらでもころころと転がすことができるもの！」

とてもぶれない。金のためならプライドを捨てる系の聖女である。

けれどいくら割り切ったところで、消耗していくものはあるに違いない。旅を終え医療院を開き、わがまま貴族達を相手にする毎日をレイシーは想像した。

なるほど、ストレスが溜まるわけだ。

「……なんというか、とても大変そうね」

「そうね！　わかった上のことではあるんだけど！……自分ではやりがいがあって元気なつもりだったんだけれど、ある朝起きたらとにかく体が重たくなって動かなくなっていて。自分に奇跡の力を使えたらいいんだけど、使うことはできないし！」

「……つまり？」

「肩が凝って腰が痛くて頭もがんがんする！　助けてレイシー！」

なるほど。レイシーははっきりと理解した。つまりダナの依頼とは、ストレスからくる体の不調の改善ということである。

「……うん、わかった。頑張る」

「引き受けてくれるの!?」

もちろんとレイシーが頷くと、ぱあっと花が咲いたようにダナは顔をほころばせた。

そして椅子から立ち上がり勢いよくレイシーに飛びつこうとして、「あふい、いったあ！　よ、腰痛が……！」と腰を押さえて床に崩れ落ちた。

とりあえず、不安になる光景だった。

＊＊＊

ダナがプリューム村に滞在できる期間は今日を含めて二日だった。その後はぎっしりと予定が詰まっているから、三日目の朝には旅立たなければならない。

レイシーは顎に手を当てつつ、ぶつぶつと呟いている。

「腰痛、頭痛、体の凝り……。これを一挙に治すもの。腰の痛みになら薬草は効くけど、それ以外には無理だろうし、うーん……」

「レイシー？　レイシー？　あら全然聞いてない」

腰へのダメージを懸念してダナはへっぴり腰のままにレイシーに問いかけた。返事の代わりに聞こえてくるのはぶつぶつとした呟きだけである。

「あらま」

このレイシーの姿を、ダナは知っている。旅をしている間に何度も見た姿だ。少しでも魔術に違和感があるとなると、寝る間も惜しんで術式の効率化を図っていた。魔術とともに生きていた彼女は、まるで自身すらも完成された一つの魔術のようだった。

レイシーは心強い仲間ではあったが、どこか踏み込むことができない雰囲気があった。そんなときはそっと距離を取るようにしている。

レイシーよりも自分は大人だから空気を読んだといえば聞こえがいいが、実際ダナができたことといえば、少しの不安や、心配のような気持ちを持ちながらレイシーを見守るぐらいで、ダナが乗り越えることのできない何かを気にもとめずにざくざくと進んでいくウェインのことが少しばかり羨ましくもあった。

「……ねえ、こんないきなりのお願いだし、無理なら無理で仕方ないことだからね。無茶なんてしないで……うん。やっぱり聞いてないわ」

依頼というからには報酬が必要だ。けれど、『今はまだいいわ。何を作るかどうかもわからないもの。どんなものかわからないのに、もらえない』とレイシーは首を振った。

どうしたものか、とダナは、屋敷の中でくるくると歩き回りながら考えるレイシーを椅子に座りつつ目で追った。ダナの足元ではティーが両の羽を広げて右に、左にと振り子のように踊っている。

ダナはくすりと笑った。

「あなたのご主人さま、とっても一生懸命みたい」

「ンキュイ?」

「それがレイシーのいいところよね」

一年もの間、一緒に旅をした。決して乗り越えることのできない複雑な距離があったのだとしても、ずっとダナはレイシーを見ていた。

覚えている姿よりも背が伸びて、どこか雰囲気も変わった。以前よりも、素敵になったと思う。でもやっぱり変わらないところもある。

「来てよかった。こんな言い方だけど、気分転換になったらいいなって思って、無理に休みをとったの。だってずっと休みもなしで、もうくたくただったのよ。やっぱり限界だったのね、体が悲鳴を上げるくらいに」

変わったのに変わらないレイシーを見ていると、少しだけ元気が出てくる。聞いているのか聞いていないのかわからないが、ティーはくるくるとした丸い瞳をダナに向けたまま、キュイキュイとお尻を振ってダンス中だ。あなたも素敵よ、とダナが優しく告げると満足げにクチバシも一緒に揺らしている。

「さすがに無茶なことを言っちゃったから、期待する結果はでないと思うけど、レイシーに会えただけでもよかった。これでまた頑張れるわ。あとは……そうね、私、レイシーにお礼を言わなければいけないことがあるの」

言わなければいけない、と言っているのに、聞こえてないわよね、と不安そうな瞳でダナはちらりとレイシーを見た。もちろんレイシーからは見えていないし、相変わらず部屋の中をぐるぐると行ったりきたりしている。

「あっ」

まったく前を向いていない。危ない、とダナが声を上げようとしたときだ。ごいん、と重たい音とともに、レイシーは壁に激突した。

そのときだ。レイシーの鞄につけたベルが、ちりりん、と可愛らしく音を鳴らした。

来客である。


「……光の聖女、ダナ？」

レイシーに屋敷の中へ案内されたアレンは、ぽかんと大口をあけていた。腕の中にはいつもの野菜がたっぷり入った木箱を持っていた。ダナはアレンの様子を見て、うっかり帽子を脱いだままであったことに気がついた。

「やっぱりダナ!?　いや違う、ダナ様ですか!?」

「あらやだ。昼間に行った食事処じゃなんの反応もなかったんだけど、ここでも私達の顔って知られているの？」

「食事処？　ああ、あいつはちょっと変わってるから……というか、サザンカ亭ならさっき行ったばかりなのに！　セドリックのやつ、言ってくれよお！」

じたばたとアレンは地団駄を踏んでいる。自分のことを知っているということは、つまりアレンはレイシーのことも？　とダナは首を傾げつつ視線を向けると、アレンはレイシーに「なんで!?

なんでレイシー姉ちゃんがダナ様と!? ねえなんで!?」と、食ってかかっていた。レイシーはされるがままにガクガクと揺さぶられている。

下手なことは言わないようにしよう、とダナは静かに口を閉じた。

（……レイシーは私と違って、年齢も、顔や特徴も、まったく違った姿絵が出回っているものね。本当は綺麗な黒髪なのに、暁の魔女だからって赤髪になっているし）

可愛らしい顔をしているのだからもっと表に出たらよかったのに、とダナは考える。旅をしている間のレイシーは大きな杖《つえ》を抱きしめて、黒いフードをずっと目深にかぶっていた。名前が同じというだけではさすがに気づかないだろう。

そうダナが考えている間に、レイシーはしどろもどろに、王都にいたことがあるから、というようにアレンに説明を終えたらしく、アレンは「野菜！ たしかにここに置いといたから！ でもダナ様がいらっしゃるってんなら、また明日も来るからな！」と宣言しながら去っていく。と、みせかけて戻ってきて、ダナに勢いよく頭を下げ、それから逃げる。

すっかり静かになった屋敷の中で、レイシーは説明した。

「あの子、アレンっていって、よく野菜を届けてくれる子なんだけど、ダナのファンなの」

「あらま」

「どれくらいファンかというと、妹さんにダナの名前をつけようかと思ってたくらい」

ちょっとコメントがし辛いが、好いてくれているということだろう、とダナはすぐに前向きに捉えた。ダナ達を英雄のように扱う少年や、少女達はとても多い。

「思ってたってことは、違う名前になったのね。その名前の候補には、レイシーという名はなかったの？」

「……それも考えていたみたいというか、似た名前になったというか……」

「ふふ。じゃああの子、レイシーが暁の魔女と知ったら、とってもびっくりするでしょうね」

「どうかな」

「すると思うわ」

見てみたいわ、とダナはくすりと笑った。

＊＊＊

それから日が落ちて、レイシー達は村に下りることにした。なにしろ食事が必要だ。レイシー一人ならばなんとでもなるが、ダナの口に合うものとなると難しい。

もちろんダナが美食家というわけではない。レイシーがざっくばらんすぎるのだ。アレンがたくさん持ってきてくれた木箱の中にきゅうりが敷き詰められていたから、「今日の夕食はこれなんてどうかしら」と塩と一緒にダナに差し出すと「却下」と親指を下にクイッとされた。

紅茶を淹れる腕はぐんと成長したレイシーだが、食事となるとにかく相性が悪い。本来ならニンジンを生でかじるだけでも満足してしまうレイシーである。一般的にもまるかじりでも問題ないと判断してきゅうりを提案してみたのだが、そんなことはなかったのね、とレイシーは悲しくダナの背についた。

「自分で作ることができればいいけど、私が作ると食材を無駄にしてしまうもの。もったいないことは嫌いだわ」

「私はなんでもおいしいと言うと思うわ」

「レイシーは黙ってて」

何でもできるように見えるダナだが、唯一食事だけはまともに作れなかった。旅の間に、ウェインの料理の腕がめきめきと上がってしまった原因の一人でもある。

「外食はコストが高いからあまり気が進まないんだけど、お昼に値段を確認したら比較的リーズナブルだったのよね」

ふんふんとご機嫌に鼻歌を歌っているダナだが、歩き方を誤ると「うんぐぅ！」と悲鳴を上げて崩れ落ちる。体中が悲鳴を上げているようだった。とても大変そうだな、とレイシーは悲しげに眉を八の字にさせつつ土で整備された道を歩く。向かう場所は食事処だから、ティーはお留守番だ。

そもそもすでにおねむの時間でもある。

ほう、ほう、と遠くで鳥の鳴き声が聞こえた。ちりちり、ちり、と虫達が草むらの中でひっそりと囁《ささや》いている。あれほどレイシー達を力強く照らしていた太陽がとっぷりと山の中に沈んでしまい、しゅるりと涼しい風が駆け抜けた。まったく別の世界のようだった。

点火魔法があれば明かりなんていらないけれど、悪目立ちしたいわけでもないから、ダナとレイシーは互いに小さなランプを手に提げ歩いた。

何度も行き慣れているはずの道なのに、ダナの方が勝手知ったる、というような様子である。

彼女はいつも堂々としていて、ウェインの隣がよく似合っていた。

ふいに、歩幅が小さくなった。ランプが照らしている明かりはレイシーの足元ばかりを揺らしている。

「ここで間違いなかったわよね」

ダナの声に弾かれるように頭を上げると、村で唯一の食事処に着いていた。

サザンカ亭という名の店は、名前の通り入り口部分には山茶花《さざんか》の木がすっと優しくそびえている。

レイシーは、そっとランプを持ち上げた。緑の、ぴんとした葉っぱに、ほんのりとした明かりが月明かりの光とともに照らされる。

もう少し時期を待てば赤の中に黄色い花芯が目立つ愛らしい花がいくつも咲き誇って、思わず木のそばでお弁当の一つでも広げたくなってしまいそうだ。

そんな木に似合いの、丸太を積み上げられた可愛らしい外見の店の窓にはほんのりと明かりが灯《とも》っている。日が落ちて時間が経っているからか、周囲には人の姿はない。

もう店はしまっているかもしれない、と不安に思いつつ扉を押して見ると、鍵はかかっておらず、「いらっしゃい」と言うわりには愛想のない声色が聞こえた。店の中は店主一人で、客は誰もいないようだ。

「まだ営業してらっしゃいますか？」

「僕が寝るまでが営業中だよ。席はお好きにどうぞ」

ダナの言葉に、カウンター付近にある椅子に座ったままの店主は返答する。すげない態度に、ダナは少しだけ瞬いて、「あらそう、ありがとう」とだけ伝えて、後ろに立つレイシーに目配せした。

席を選ぼうにも、そもそもテーブルが二つしかない。

店員は店主のセドリック一人だけで、縁が細い眼鏡をかけながら手元の新聞を読んでいる。ダナはレイシーと目を合わせて肩をすくめている。彼女が言いたい気持ちはわかるが、彼はぶっきらぼうな見かけに対して意外と気さくな男であることをレイシーは知っている。そして何より、保冷温バッグの販売に一役買ってもらった立て役者だ。

「こ、こんばんは、セドリックさん」

とはいえ、挨拶をするのは緊張する。

これでいいだろうか、やっぱり、何も言わない方がよかっただろうか……でも……とどきどきしていたとき、「レイシーさん、こんばんは」と、セドリックは新聞から目を離しレイシーに声をかけた。

「えっ、はい、こんばんは！　こんばんは！」

「そんなに何回も言わなくていいさ。それとそこの人。お昼も来てくれたね。何度もありがとう」

「あら、覚えていてくれたの」

「まあね」

愛想なんて何もないのに、相変わらず不思議な距離感な人だなあ、とレイシーはこっそりと苦笑した。

椅子に座り、ダナは店の中を見回して、まあいいか、と言いたげにあっさりと帽子を脱いだ。客は誰もいないし、レイシーは知らないことだがすでにセドリックには顔を見られている。その割にはなんの反応もなかったので、夜の、それも室内で帽子をかぶっているのが馬鹿馬鹿しくなったのだ。

「どうぞ、お水です。あとはメニュー」

「ありがとう」

「夜だから大半売り切れてるよ。あと、こんな村に光の聖女が来るとは驚いた」

と言いながらセドリックはまったく驚いた顔はせずに、相変わらず淡々としている。

昼間に来たとダナが言っていたことを思い出しつつ、レイシーはダナとセドリックの会話をそっと見守ることにした。

「……驚いているふうには見えませんけど？」

「昼間は他のお客さんがいたから。でも今は力の限り表現しているつもりなんだけどね。あと今日のおすすめはハンバーグ」

セドリックは意外と絡んでくるので、やっぱり性根は明るい人のような気がする、とレイシーは考えた。最初に彼と出会ったのは、アレンやカーゴ達とともに村を見回っていたときだ。嵐が村を襲った後の建物の倒壊を危惧してのことで、レイシーとは半日一緒にいた程度の関係である。

保冷温バッグや小型の氷嚢庫が出来上がったとき、『セドリックにも店に出してくれるように頼んでみるか』とアレンが提案した際は、ひいっと飛び上がった。

誰かに使い勝手を確認してもらうことができればありがたいことに間違いなかったが、お邪魔なんじゃないだろうか、と震えつつアレンとともにサザンカ亭を訪ねると、セドリックは『いいよ』とのただの一言でそれ以上は何もなく、レイシーはその本意を探ることもできなかった。

過去を思い出している間に、それじゃあ注文が決まったら教えてくれ、と言いながらセドリックはカウンター席に戻っていく。ダナがそっと小さな声で、「変な人ね」と話しかける。たしかに、の一言だった。アレンは彼を変わり者と評していた。

注文はおすすめの通りハンバーグにすることにした。じゅうじゅうに焼けた鉄板の上にはたっぷりのソースとともにアツアツの湯気が立っていて、ハンバーグにフォークを差し入れてみるとじゅわっと肉汁が溢《あふ》れ出す。ぱくりと口にした瞬間、おいしい、とダナはほっぺをなでていた。レイシーも、まったく同意である。

「レイシーはあんまりこのお店には来ないの？　とってもおいしいけど。きゅうりにそのままかじりつくよりすごく健康的だと思うわ」

「……あんまり来ないかな」

きゅうりだって素敵だけど、と言いたいけどぐっと我慢をしつつ、あんまりというか、店にはアレンと一度来た程度だったが、言葉をごまかしてしまった。

不思議そうな顔をするダナに、自分自身でも整理するように一つ一つ言葉を落とす。

「最初は村に行くのが少し怖かったから、なんだかそのまま……。あと普段は私だってお芋くらい蒸しているし」

「やだ怖い。言い返すレベルが芋の蒸しであることがとても怖いわ。そういえばあなた、数日食べなくても問題ないとか言い出すタイプだったわね」

「さすがに今は、ちゃんと食べてるよ」

「でも食べ物ならなんでもいいんでしょう」

そんなことはない、と言いたいところだが、あんまり大きな声で言い返すことができない。

ダナはレイシーの顔色をじっと観察するように見つめた。

「ウェインは？　あいつ、よく嬉しそうにレイシーに食事を作っていたじゃない」

——嬉しそう？

レイシーが違和感を呑み込む前に、ダナはほくほくとハンバーグを口にする。

（たしかに、ウェインはいつも料理を作るとき、楽しそうだった。それを嬉しそう、と言っていいのか、わからないけれど）

世話焼きな人で、みんなに料理を作って、相手からの言葉を待ち構えるようにわくわくと瞳を輝かせていた。どうだレイシー、と問いかける声が目をつむると聞こえてくるようだった。おいしいと正直な気持ちを伝えると、それこそほっぺをほころばせるみたいに笑っていた。

ウェインの料理は、いつだって温かい。

「……ウェインの料理は、特別なの」

彼が笑うと、レイシーはとにかく嬉しくなってしまう。でも、このお料理だってもちろんおいしい。レイシーがひっくり返っても作ることができないものだ。

ごくん、とハンバーグを飲み込むとお腹の中がほんわりとしていく。幸せの味だ。レイシーがゆっくりとフォークとナイフを使っていたとき、先に食べ終わったらしいダナはテーブルに肘をついて意味ありげに笑っていた。

「な、なあに？」

「いいえ。特別なんて、羨ましいことねと思っただけ。でもここ、入り口の木も、とっても素敵だしもっと頻繁に来た方がいいわ。こんなにお安いのにボリュームたっぷりなハンバーグなんて、私は知らないもの」

ダナは自分の言葉を反芻《はんすう》するように頷き、テーブル越しにずい、と体を寄せている。そうね、と肯定の返事をしようとしたとき、いつの間にかセドリックがすっと彼女達の近くに立っていた。

「おいしく食べてくれたなら何よりだけど、このハンバーグを今の時間に焼くことができるのはレイシーさんのおかげだよ」

唐突に現れたようなセドリックの細い体と冷たい光を反射させる眼鏡を見て、ひぇっとダナとレイシーは叫んだ。しかしセドリックはそんなことは微塵《みじん》も興味がない様子で話を続ける。

「ミンチ肉は日持ちしないけど、レイシーさんが作った小型の氷嚢庫があるから、僕は安心して作ることができる」

セドリックが無表情のままだからどういう言葉の意味か捉えかねたが、つまりありがとう、という意味で考えてもいいのだろうか、と何度か言葉を咀嚼《そしゃく》してやっと気づいた。

「ついでに、これをお店で出すことができるのも正真正銘、レイシーさんのおかげさ。デザートをどうぞ、お二方」

テーブルの上に置かれたものはカップに入ったアイスクリームだ。「あ、あらまあ」と、ダナは両の頬に手を当てた。カップも、添えられたスプーンもきんきんに冷たい。こんなの頼んでいない、とレイシーが困ってセドリックとアイスの間に何度も視線を移動させると、「本日最後のお客様へのおまけだよ」と告げてくれる。

……いいんだろうか。

でも、とスプーンをアイスに差し入れた。このまま溶けてしまうなんてもったいないと思ったのだ。ぱくり、と口に入れると、甘い味が口いっぱいに広がりとろけていく。

言葉よりも、彼女達二人の顔を見て、「おいしいのならなにより」とセドリックは感想を述べた。

「レイシーさん。君のおかげで、僕もできることや料理のレパートリーが増えて店に出す楽しみが増してしまった。責任をとって、たまには食べに来てほしい。君ならお得意様価格で提供するよ」

「せ、責任ですか……」

レイシーが知らないところで、知らないうちに自身が作ったもので変化していることがある。それはとても不思議な感情だった。

きっと、アイスとハンバーグでお腹がいっぱいになったのだ。体中がほかほかして、どんどん温かくなっていく。

「素敵な星をさがしているのね、レイシー」

ダナがくすりと笑うと、それはひどく絵になる光景だった。

柔らかく口元を緩めて、コップの水を飲んで、それから、「はぐあっ!?　う、う、う、あう、ぐううう……！　ずっと座ってたから、こ、腰にきたァ……！」と震えながらテーブルに拳を叩きつけている。座って体勢を変えることすら困難とはなんとも気の毒だった。

「だ、ダナ、ごめんなさい、私、今薬草を持ってなくて、屋敷に帰ったらあるんだけど……！」

「い、いいのよ。しばらくしたら落ち着くから。でも待って、今の私を動かさないで……」

ダナは座っているのか立っているのか中途半端な状態で前かがみになりつつ、片手をひらひらと力なく振っている。

「腰痛かい？　随分苦しそうだな」

セドリックの言葉に、ダナはぴしりと固まった。

回復の奇跡を持つ光の聖女が体の節々に爆弾を抱えているなど冗談にもならない話である。しかし否定する力もなく、ダナはぬぐうと唸るように唇を噛みしめ、ふんばりながら痛みに耐えている様子だった。

「腰痛にはコルセットをしたり、体を温めたりしたらいいんだけどな。僕もそろそろ年だし立ち仕事も多いから、同じ体勢ばかりにならないように気をつけているんだけど」

セドリックはダナに親身に話しかけた。彼も他人事《ひとごと》ではないらしく、こんなところでセドリックの苦悩を知ってしまった。

「ちなみに痛いところは腰だけ？　ひどくなるとももまでしびれてくるからね」

他にもセドリックはダナに腰についてのアドバイスをしてくれた。無理がない範囲で適度な運動をした方がいいとか、痛くない体の動かし方だとか。この人もこの人で、ウェインと同じように面倒見がいいらしい。

そんな彼の言葉を聞きつつ、レイシーは顎に手を当てたまましっと考えた。

ダナのように腰が痛くなると、ふともまで痛み始めることがある。病気が隠されている可能性もあるが、腰の痛みが神経につながり、本来なら痛みがないはずの脚にまで症状が出てくるのだろう。

変化魔法や速度魔法のように、魔術には人に直接作用するものもある。そのため人の構造はある程度知識を得ているし、理解しているつもりだ。

(……何事も、症状は紐付《ひもづ》いている、ということ)

つまりとレイシーはぶつぶつと呟いた。

そして、ぱしんとテーブルを叩く。

「思いついた!」

椅子から立ち上がって、興奮気味に声を上げる。

ダナは涙目のまま、セドリックは眼鏡越しにぱちぱちと瞳を瞬かせてレイシーを見た。

「何を思いついたの……?」

今すぐにでも泣き出してしまいそうなダナである。

レイシーが、それに返答する言葉は一つだ。

「もちろん、あなたの依頼を解決する魔道具のことよ！」

＊＊＊

「まず考える必要があるのは、ダナの体が辛くなる原因だと思うの」

窓の外からはさんさんと温かい光が差し込んでくる。

すっかり朝の空気を吸い込んだ屋敷の中で、ぴしりとレイシーが人差し指を立てた。心持ちかいつもよりもはきはきと喋《しゃべ》っているし、表情も明るい。

痛む腰を抱えてサザンカ亭からなんとか屋敷に戻ったダナは、現在はふかふかなソファーに座り体をいたわりつつ、レイシーの講釈にぱちぱちと瞬《まばた》きを繰り返している。

昨夜、屋敷に着いたレイシーはすでにとっぷり日が暮れているというのに、今すぐにでも動き出したいと興奮している様子でさすがに寝てからにしましょうよ、と落ち着かせるのは大変だった。

ダナの隣には腕を組んで眉をひそめ、口元を尖《とが》らせているアレンがいる。昨日また来ると宣言した通りに、今朝早くにやってきたのだ。

ダナの体の不調は言いふらすべきことではないが、どうせセドリックに知られてしまったのだ。一人知られるも、二人知られるも同じである。と、いうのは言い訳に過ぎず、昨日の夜からの普段と様子の違うレイシーにすっかり驚いて、どうしたらいいかわからず誰か一緒にいてほしかったのでアレンが来てくれてほっとしているというのが本音だ。

そしてダナとアレンの間には未《いま》だに寝ぼけ眼なティーがぐったりと背もたれに体を預けていた。

……はずなのだが、いつの間にかきゅーきゅー気持ちよさそうな寝息を立てている。

そうこうしている間もレイシーは興奮しつつも説明を続けていて、もはやダナにはついていくことすらできない。こんな子だったかしら？　と自身の記憶の中のレイシーと重ね合わせて困惑するばかりである。

けれどもアレンは慣れた様子で、そろそろダナに対する緊張も少しはほぐれてきたらしい。

「レイシー姉ちゃんって、スイッチが入るとなんかおかしくなっちゃうんだよな」

「……スイッチ」

はふはふとほっぺを真っ赤にさせて、小さな体を必死に使って全身で語るレイシーの姿は、たしかにそうとしかいえない。

（……知らない、ではなく、もしかしてこれがもともとのレイシーなのかも）

初めて見る姿だと思ってしまったが、実は違うのかもしれない。

旅をしているとき、ふとしたときレイシーの姿が見えなくなることがあった。

さて野営だ、食事だと全員で集まったとき、黒いローブの少女がいないことにはたと気づくのだ。そして体中をぼろぼろにさせて、いつもひょっこり戻ってくる。何をしていたのかと聞けば、ダナと視線を合わせることを恐れているかのようにきょろきょろと視線を迷わせて、『魔術の訓練をしていた』と説明する。

今まで、ずっとレイシーは一人きりだった。魔術で頭をいっぱいにさせて、自分の人生はそれしかないと生きてきたのだろう。

けれど、今はダナや、アレンと一緒にいる。

「――それでねダナ、この方法だったら、体をしっかり休めることでベストな状態に導くことができるかなと！　具体的に必要だなと思うのは温度なんだけど！」

そしてきらきらとした瞳を、こちらに向けてくれる。

ものづくりと魔術は、きっとレイシーにとって同じものだ。ものを作るということは、彼女と人のつながりを作ることにもなる。

なぜだろうか、それが少しだけ、嬉しかった。でも。

「レイシー、ちょっと待って。もっとゆっくり詳しく説明してくれないと私達にはわからないわ」

それなら、しっかりと彼女のものづくりを見届けたい。

レイシーにすがるような気持ちで依頼してしまったが、ダナが満足する品を渡してくれるのはきっと無理だろうと諦めていた。しかし、今は違う。とてもわくわくしている。とにかく気になってたまらないし、レイシーの薬草でやっと回復した体は気づけば前のめりになっていて、ダナ自身も気づかないくらいに子どものような笑みを浮かべている。

――なんだかとても、楽しくなってくる。

レイシーはぱちぱちと瞳を瞬かせつつ頰に手の甲を当てて、上気した頰を落ち着かせるような仕草をした。

「ごめんなさい、ちょっと冷静になるわ。昨日の夜から考えてたら全然眠れなくって」

きっと朝になるのが楽しみでたまらなかったのだろう。

深呼吸したところでまったく落ち着いてなんていないし、相変わらずきらきらと瞳が輝いている。でももちろん、そんなことにダナは口を出さない。

「まずなんだけど、ダナが困っていることは、腰の痛みや肩こり、頭痛、めまいということだけど、元の原因ってわかる？」

原因、と言われても一つしか思い至らない。以前にもレイシーに告げたことだ。

「……体がわがままで出来上がっている困ったちゃん達かしら」

微笑みを絶やさず聖女スマイルで返答した。

おクソな貴族野郎ども、と伝えなかったのは隣に座るアレンを配慮した結果である。いたいけな青少年の輝かしい瞳を濁らす勇気はダナにはない。一瞬視線を感じたらしいアレンは首を傾げている。

「そう、ストレスよね。だからそもそも、ストレスを溜め込まないようにすべきだけど……」

「わかってる。痛い目を見たもの。次からはちゃんと自分の体に相談するようにするわ」

若さと体力で勝負をするといっても限界がある。それにメンタルは内側から削られていくものだ。

レイシーはこくりと頷いた。それが一番大切、ということなのだろう。

「ストレスから体の不調がやってくる。腰の痛みが神経を伝ってふとももまで痛くなることと同じように、何事にも遡ると原因があると思うの。だから、原因の途中を考えてストップさせたらいいんじゃないかなって」

レイシーが取り出してきたのは大きな紙だ。一緒に布も散らばっているところを見るに、保冷温バッグや匂い袋を作る型紙だろうか。

テーブルの上に紙を置いたレイシーは、するすると文字を書き込んでいく。

『ストレス↓　　↓体の不調』

単語と単語の間には空白があけられ、さらにイラストも追加される。ストレスと書かれた部分にはもやもやと黒い靄《もや》が頭の上にある悲しそうな人間のイラストが。体の不調と書いてある部分には泣いている人間のイラストが描かれていた。結構うまいしポップで可愛い。さらなるレイシーの意外な才能である。

言っていることは理解できるが、文字と文字の間が大きくあいているところが謎だ。レイシーは、とん、とペンの尻で空白部分を叩いた。

「ここにはね、たくさんの言葉が入ると思うの」

「……たくさんの言葉」

なんだか難しい。アレンは唇を尖らせるようにして考えて、必死に話についていこうとしているらしい。

「腰が痛いと言うダナに、セドリックさんはいくつかのアドバイスをしていたじゃない？　そういう、たくさんのものよ」

「ええっと、運動不足とか？　言われてみれば旅をしていたときより体はすごく鈍ってるけど……」

「うん。じゃあそれも気をつけないとね。でも私が考えたのは違うことなの。この中に他に入る言葉の中で、ダナが毎日することの質を上げてみたらいいかなって」

「毎日すること？」

一体なんだろう、と考えようにも頭の中が靄がかっていてうまく言葉にならない。

このところずっとそうだ。集中したくてもすぐに意識が分散して作業の効率が落ちてしまう。今も医療院に戻った後始末を頭の半分で思案して、ぐちゃぐちゃになって、結局何を考えていたんだっけ、とわからなくなってくる。

「ねえダナ。あなた、普段ちゃんと眠れている？」

「え……？」

ぱちぱちとダナは瞳を瞬かせた。生来の整った顔立ちや白い肌にごまかされてしまいそうになるが、よく見るとダナの顔色は白いというよりも青白く、目の下にはうっすらと隈《くま》ができている。

「……眠っているわよ？　睡眠時間は最低限確保しているし」

予算と同じで、削ってはいけないものは存在する。だからどれだけ忙しかろうと、短い時間でも眠るように努めてはいるつもりだ。

いつもは一日の中でこまめに眠るようにして、トータルの時間を確保している。けれどどうだろう。レイシーに言われて思い至ったが、たしかに以前よりも目覚めが悪いような気がする。いつももっと寝ていたいと苦しいし、朝日が憎らしく、起きがけは体が重たい。

難しい顔をして黙り込んでしまったダナを見て、レイシーは紙の空白部分に『睡眠』と文字を書き込んだ。すやすや幸せそうに眠る可愛らしいイラストつきである。

「眠るという行為は、ただ眠ればいいというものじゃないわ。眠る前の行動で眠りの質が変わってくるの。質が悪ければ体に様々な不調を呼び込むと以前読んだ本に書いてあったわ」

「……つまり、レイシーが私に睡眠魔法をかけてくれたらいいって話？」

「それも一つの方法だけど、魔術にばかり頼っていたら結局体に負担がかかってしまうわ。だから、直接ではなく、間接的にダナの眠りの質を高める道具を作るのよ。多分ダナは今、眠っても全然回復できない状態だと思う。ダメージを受けて、まだ回復しきっていないのに次のバトルに飛び込んでいるようなものよ」

ダナは聖女で、人を回復させてきた側だ。そう例えられるとなんとなくわかってきたような気がする。

そこで今まで口を閉ざして考え込んでいたらしいアレンが手を挙げて質問する。

「レイシー姉ちゃん。じゃあ質を高めるってどうやって？　寝るなんて床に横になって目を閉じて終わりじゃんよ」

いつの間にかアレンの膝の中で寝こけていたティーが、ぱちんっと鼻提灯《はなちょうちん》を弾けさせて、寝ぼけ眼をぱちぱちとさせた。すややかな眠りが羨ましいことである。

「どうかしら。ねえ、前から不思議だったんだけど、横になったときにすぐに眠ることができる日と、中々寝付けない日ってない？」

「……あるかも」

「それって、どんな日？　あとは、どんなときに眠たくなる？」

アレンは目をつむって考えているらしい。そして、ぱちっと目をあけると同時に顔を上げる。

「疲れてるときは、すぐに眠っちゃう気がするな。あとは、どんなとき……そりゃ夜になったら……。ああ、でも寒いときに焚き火の前にいたら、眠くなっちゃうかも。レインもまだちっちゃいから、眠たくなると手があったかくなるんだよなあ」

レインとは、アレンの弟妹のことだろうかとダナは考えた。

幼い子どもは眠たくなると不思議と手足が温かくなってくる。ダナも孤児院で多くの子ども達の面倒を見ているからよくわかる。寒い日はきゅっと布団に包んであげると、ほっとした顔をして気持ちよさそうに眠るのだ。そんな子ども達の顔を思い出して、ふんわりと笑ってしまった。つまり、だ。

「……眠る前に、体を温めるものを作るということ？」

「そう！　そうするためには、『お風呂』がいいと思うの！」

「おふろ……？」

一般の市民には馴染《なじ》みがないものだろう。ダナはもちろん知ってはいるが、アレンは初めて聞く単語を、舌っ足らずに繰り返した。

うんうん、と嬉しげにこくこく頷くレイシーを見て、ダナはどうにも考えがついていかない。

レイシーのことを理解したいのに、やっぱりそれは難しいのかもしれない。

「うん、ティー、その実が一番大きくていいと思う、お願い！」

「ンキュイッ！」

「おわ、わ、わ！」

木のてっぺんに鉤爪《かぎづめ》をひっかけたティーが、クチバシを使って大きな木の実を落下させる。

それを地面で受け取ったのはアレンである。木の実は少年の腕がいっぱいになるほどの大きさで、近くで見ると驚くべきサイズだった。

屋敷の裏手には立派な畑があり、わさわさとヤシの木が茂っている。その中に実っていたココナッツだ。

かけていたレイシーの魔術が切れたらしく、重たくなった実がずしりとアレンの腕に沈み込んだ。

「おうわっ!?」

「いや、大きすぎじゃないかしら……」

そんなに知ってるわけじゃないけど、絶対そんな大きさじゃなかったわよね？　と、ダナはもう呟くことしかできない。規格外の薬草畑や色とりどりの花に驚いたり、見惚《みと》れたりと自分自身でもなんとも忙しく感じてしまう。

「魔力を土に練り込んでいたら、畑の周囲が少しだけおかしなことになっちゃったの」

「これが少し……」

深くまで問うまい、とダナは瞳を細めて頬に手を当てつつ、ほうっと息をついた。

そんなダナの様子には気づかず、レイシーはアレンが抱えている実を覗《のぞ》き込んで、ちょいちょい、と指を縦に振っている。

「これを、こう、できれば半分に切りたいんだけど」

さすがのレイシーも、ココナッツを割ったことはないのだろう。魔術は万能ではなく、物を切るというのなら物体の材質によって術式を変化させる必要がある。

つまりこの場合、『ココナッツ切断魔法』を生み出す必要があるのだ。

「ええっと」とレイシーが人差し指を回して術式を考える仕草をする間に、実を地面に置いたアレンが、ぱしんと自身の二の腕を叩きつつ胸をはった。

「せっかく俺がいるんだしこれくらい任せてよ。ココナッツなら何回か割ったことがあるし！……これはちょっとでかすぎるけどさ。よいしょ！」

任せてくれと言った手前、自信もあったのだろう。アレンは折れた太い枝を使いながら実の外側の皮を力任せにはいでいく。ダナはココナッツの実こそ見たことはあるが、剝《む》き方は彼女の知識にないものだったから興味深く観察した。いつの間にかティーも木から飛び降りて、首を傾げながらくるくる喉を鳴らしてアレンの動向を見守っている。

皮と思ったものは、見てみると太い繊維で、実の外側にまるで木の幹がくっついているようだ。

それをつるりと取ると、出てきた茶色い実の外側はごわごわしていて、最初よりも随分小さくなった。けれどもまだ人の頭二つ分程度の大きさはある。

「……おりゃあ！」

アレンは壁に立て掛けていたナタを持ち、刃ではなく背を向ける形で持ち上げた。そして地面に固定した実へ力の限り振り下ろす。こぉん！　と音を鳴らしてナタが当たった。

それを何度も繰り返すと、段々と割れ目が入ってきた。

「姉ちゃん、使ってもいい鍋とかある？」

「待って、すぐに持ってくる」

言うやいなや、レイシーはぴゅっと消えたかと思うと、鍋を抱えて素早く戻ってくる。

ありがとう、とアレンは礼を伝えて、実の大きさに四苦八苦しつつも今度はくるりとナタを反対にして、刃の部分で実を叩いた。ばしゅりと出てきた透明な液体を慌てて鍋の中に入れる。

「ココナッツジュースね」

「そう、せっかくだし、もったいないからさ」

アレンはレイシーににっかりと笑った。

実の大きさに比例して、鍋の中はたっぷりのジュースで揺れている。最後までジュースを出して、再度ナタを振り下ろした。ぱっかりと半分になった実からは硬く白い果肉が覗いている。

大きな実だから、あとは分担作業である。ナイフで削り取り出して、一つの鍋では足りないとさらに持ってきたボールの中に入れて、どんどん山盛りにしていく。

「ダナ、無理しないでね。これなら私とアレンの二人でも大丈夫だから」

「ありがとう。でもたまには違うことをした方が調子がいいわ。痛みは薬草ですっかり消えているし」

と言いつつ、やっぱり昨夜も医療院に帰った後の山積みの仕事のことを考えて、うまく寝付けなかったのだ。でも、目の前の光景を見ているうちに、段々頭が冴《さ》えてきた。わくわくしてたまらない。

レイシーが実を固定して、アレンが中身を削る。もう半分も、ダナが少しずつ削っていく。

そんな三人の様子を、羽をぱたぱたさせながら不思議そうにしていたティーがちょこちょこと近づき、山盛りの果肉をじっと見つめたと思うと、ちょこんとクチバシでつついた。

「ンキュオッ!?」

びりびりとティーは震えた。そして直立になったかと思うと、体をへたへたとさせる。

「んきゅいいい～」

うっとり声だ。ちらちらとレイシーを確認して、「食べてもいいよ」と言われると、たまらんとばかりにきゅいきゅいクチバシを高速で動かしてつんつんする。

「おいしいみたい」

「ジュース以外のとこもうまいよね」

まさにあますところなく使える食材だ。

お腹をぽっこりと膨らませたティーが畑の上で寝転がる頃には、実の内側も綺麗になってきた。

「……ところで、これをどうすんの？」

目的を知らされないままの作業だったのだ。

やっぱり緊張していたらしいアレンも、「レインってこないだ生まれたばっかりの妹なんですけど、どんどん重くなってくるから、母ちゃんも最近は腰が痛いって言ってて」「そうなの。大変よ

ね、すごく気持ちがわかる」と世間話をする程度にはすっかりダナとの会話もこなれてきた。うやうやしく扱われるより、こっちの方が嬉しい、とダナは思う。

レイシーはというと、つるりとしたココナッツの内側をなでて嬉しげに頬を緩ませていた。

「二人ともありがとう。うちには丁度いい入れ物がなかったから……」

鍋を使うのはちょっとよくないかなって思って、というレイシーの言葉の真意はわからない。

わさわさと葉っぱが茂る木陰に三人で座り込んで、レイシーは殻だけになった実を地面に置き、するりと手のひらをスライドさせた。

途端にたっぷりとした水が生み出され、殻の中を満たしている。

アレンが息を呑み込むように驚いているのがよくわかるが、この程度、レイシーにとっては造作もないことだと思いつつ、やっぱりダナは自分の常識を疑ってしまいそうになる。

(……何もないところから水を出すだなんて、術式を作る負担と覚える手間を考えたら普通に水をくんだ方が圧倒的に楽なのに。本当に、この子は息をするように魔術を使うのよね)

レイシーと一緒にいると自分の感覚がおかしくなってしまいそうだ、とダナはひっそりため息をついた。

「それから、ここからが本番」

ちゃぽりと、レイシーは殻の中に何かを入れた。

つるつると水の中に沈み込んだそれを中心として、水面には波紋が広がる。と思えば、たぷたぷと奇妙に揺れている。どれくらい経っただろうか。それほど長い時間ではなかったが、小刻みに震える水面を見ているうちに、静かに湯気が立ち上ってきていることに気がついた。

「水が、お湯になってる……」

アレンが、はっとしたように息を呑んだ。

レイシーはただ、石を入れただけのはずなのに。ダナとアレンは唖然《あぜん》としてほかほかと温かな湯気が立ち上る様を見つめた。

「な、なんで……石を入れただけなのに……。あ、そっか、火山石《かざんせき》を入れたのか。なーんだ、びっくりした」

前のめりに身を乗り出していたアレンが、あっけにとられていたような自分の顔をぱちんと叩き、ほっとしたように息をした。火山石とは熱をはらんだ魔石のことだ。

なあんだ、とアレンは額の汗を拭うような仕草をしていたが、レイシーは困ったような顔をしている。その表情を見て、ダナは気づいた。

「アレン、違うわ。もし火山石で湯を沸かしたというのならもっと大きな石が必要なはずよ」

大きければ大きいほど、魔石は威力を増す。火山石とは、ようは火の魔術が込められた石のことで、熱を少しずつ放出し小さくなり最後には燃えカスとなって消えてしまう。氷結石と性質は正反対だが、よく似ている。

レイシーがココナッツの殻の中に沈めた魔石は決して大きなものではなかった。親指二本分程度の大きさで、湯を沸かすにはまったく足りない。

魔術的に考えると水と火は相対するもので、水をお湯に変えるためにわざわざ魔術を使用するくらいなら、薪《まき》を持ってきて鍋で湯を沸かした方が早いということは魔術を少しかじった程度のダナでも知っている。レイシーほどの魔法使いなら属性の不利をいくらでも技量でカバーすることはできるだろうが、彼女が使ったものはただの魔石だ。

「スライムを退治する方法と同じよ」

「スライム……？　ああ、なるほどそういうことなの！」

「俺はまったくわからない……」

ううん、とアレンは首を傾げたままだ。

レイシーは半分に割って置いてあったもう一つの殻の中に水を入れて、もう一度、実演してみせた。

「スライムはね、力がほとんどないとても弱い魔物だけど、代わりにこちらの攻撃もほとんど効かないの。だから過去の冒険者達が色んな方法を試してみたんだけど、その中には水を高速で振動させる魔術をスライムにかけるという方法があったの。そうすると、スライムはなぜか消えてしまうということがわかったわ。だから今では振動魔法がスライム退治の定石とされているのよ」

レイシーがするりと水面をなでるように滑らすと、先程よりも水は激しく振動し、あっさりと消えてしまう。

「でもこれって、スライムはほぼ水と同じだから、振動により温度を極限まで高めて蒸発させているだけなのよね。火炎魔法を使うという方法もあるけど、その場にない火を生み出すよりも、ある水を揺らす方が魔術的に効率がいいの」

「スライム側からしたらたまったもんじゃないなあ……」

アレンの言う通りであるが、魔物との戦いは人の発展の歴史にもつながる。人と魔物は切っても切れない関係ともいえる。

「魔道コンロみたいな仕組みの魔道具で湯を作ってもいいと思ったけど、それだと眠る前に水を入れて、火で沸かしてと、ちょっと手間でしょ？　室内で燃え移る可能性も考えたら場所も限られてくるし。これなら水を入れて、魔石を投げ入れるだけだから手軽かなって」

うちは器の数が少なくて作るところからになってしまったけどね、とココナッツの実と中身をちょんと指差し、レイシーは照れたように笑っていた。

説明されればなるほど頷くことばかりだが、こんなこと、ダナには絶対に思いつかない。

ダナは静かに息を吐き出し、自分と同じような顔をしているアレンとそっと視線を合わせた。鼻の頭にそばかすを散らした少年は、呆れたような、驚いたような顔をして苦笑している。

多分、彼もダナと同じような気持ちなのだろう。

――自分達は一生レイシーのようにはなれないし、こんなことは思いつきもしない。

ダナはずっとレイシーのことを勘違いしていた。彼女は努力の人でもあったが、魔法使いとしての恐ろしいほどの才に満ちあふれた少女なのだと思っていた。しかし本質は違う。レイシーは間違いなく天才だが、それは決して魔術に対してのみではなく、彼女の側面の一つにすぎない。

きっかけさえあれば、レイシーは多くの知識を組み合わせ、新しいものを生み出すことができる。

一つひとつの知識はなんてこともないものばかりでも、自身の中にあるたくさんの知識を本のように抜き出して組み合わせることが、きっと誰よりもうまいのだ。

旅をした経験や、魔術に打ち込み、多くの書を読んだ経験がレイシーを形作っている。そして、これからレイシーは多くの人々と関わっていくことになるだろう。経験すればするほど、彼女の知識は深くなり、幅広く変化していく。そのことを本人は知らずに、とっくに一歩も、二歩も踏み出している。

これから先、一体彼女はどう変わっていくのだろう。

ダナはただ、レイシーの変化を近くで見届けることができないことを悔やんだ。細っこくて、いつもおどおどしていて、けれども優しかった少女の姿を思い出して、ぐっと胸が熱くなった。

ふう、と息を落ち着かせている間に、アレンとレイシーはココナッツの殻に入れたお湯の温度を話し合っている。ダナは慌てて指の先で目頭をついと拭った。

「……ねえ！　私もちょっと触ってもいいかしら？　うん、もうちょっと、温かい方がいいんじゃない？」

「そう？　人の温度と、同じくらいの方がいいんじゃないかしら。それにあんまり熱いとやけどしちゃうわ」

「俺もこれくらいがいいと思う」

みんなでお湯に手を入れて、きゃっきゃと笑った。

ぱたぱたと羽を動かしながら、ティーは畑の中で体中をどろんこにして遊んでいた。

＊＊＊

人から見る自分が想像とかけ離れていることは、案外ままあることである。

（あああ、もう本当に自分が嫌……）

レイシーはぴたりと両手を顔に当てて、数刻前のことを思い出した。

（自信満々に……演説をしてしまった……！）

思い出すと恥ずかしくて死にそうである。

「ああ、ああ、あああ……」

顔を隠す指先がぶるぶる、びくびくとあまりの羞恥に震えている。

もう考えたくもないはずなのに、自身の言動を一言一句頭の中に映し出してしまい、もう勘弁してと挙動がおかしくなってしまう。

（なんで私はあんなに偉そうなことを……！）

そのときは、とにかく作りたい、伝えたいと必死だったのだ。

でも終わったことは仕方がない。ぷはあ！　と大きく息をして、忘れることにした。

アレンは昼過ぎには帰ってしまったし、明日はダナもプリューム村を立つのだから。

二日目の夜も、ダナとレイシーはセドリックの店に寄って舌鼓を打った。やっぱり顔は無愛想なのに愛想のいい人で、とろとろのオムライスは絶品だった。

屋敷に帰って寝間着に着替えたとき、レイシーは思わず、まじまじとダナと自分の姿を見比べてしまった。二人ともウエストに切り替えがなく、楽な形のワンピースだったが、似た服を着ている分、互いの差がよくわかる。

ダナの胸元辺りに目を向けた後に、レイシーはそっと視線をそらした。

「レイシー、どうしたの？」

「いや、なんでも……」

人間、得手不得手というものがあるのだから、とこれ以上は蓋をあけることはやめておいたわけだが、着替える必要のないティーはお気に入りのナイトキャップをかぶってキュイキュイ寝床の準備をしている。もちろん、レイシー作だ。最近気づいたことなのだけれど、針仕事は案外好きかもしれない。好きが増えるのは嬉しいことだ。

ティーはおやすやキュイッ！　とでも言いたげにお気に入りの毛布の中に素早く滑り込み、数分後にはンキュンキュ聞こえる寝息を耳にしながら、レイシーとダナは床に置かれたココナッツの殻から立ち上る湯気をどきどきと見下ろした。

レイシーの庭にできたココナッツは通常よりも楕円《だえん》の形をしているから、支えがなく床に置いても転がることなくどっしりとしている。アレンがいる前で素足を見せることはためらわれたので、ダナも、レイシーも今が初めての足湯だ。

二人で一つのベッドに並んで座って、ダナの足の指先がちょん、と触れて、静かに水面を揺らした。ごくんと唾を呑み込み、今度は思い切って、たぷんっと沈み込むように両足を入れる。

レイシーもそれに続いた。

「ふあ……」

ダナが呟いたのか、それとも勝手にレイシーの口から漏れてしまったのかわからない。ほかほかとした感覚が、足の先からじんわりと体中に広がっていく。いつまでも浸《つ》かっていたい気分だ。ぶるっと震えて、しっかりと気持ちの良さを味わった。

そのままうっとりしてしまいそうになったけれど、レイシーはダナよりも先に足を引き抜き、用意しておいたタオルで水滴を拭った。それから慌てて台所に行って、温めた湯を入れたコップを二つ持ってくる。

「ダナ、どうぞ」

本当はミルクにしたかったけれど、歯磨きはしてしまった後だ。

あら、とダナは瞳を瞬かせて、両手でコップを受け取る。

少しずつ、少しずつ流し込んで、「ふわあ」と温かい息をほんのり吐き出す。レイシーもダナも、二人で同じ顔をして、とろりととろけてしまったようにベッドの中に潜り込んだ。

屋敷には部屋がたくさんあるけれど、今いる部屋はレイシーが普段使っている自室だ。

『最後の日なんだから、どうせなら一緒に寝ましょうよ』というダナの言葉に、レイシーは困りながらも頷いて、枕を二つ準備していた。

「こうして二人で並んでいると、レイシーや、みんなと旅をしていたときを思い出すわね」

「うん……」

「懐かしいわ。ねぇ、私が医療院で働いているということは伝えたけれど、レイシーはどうだったの？　何でも屋を開いたことは知ってるわ。でも、それ以外のことは知らない。もっと教えてほしい」

そう言われても、何を伝えればいいのかわからない。

嫌なわけじゃ、もちろんない。けれど、どこまで伝えればいいのかわからない。レイシーのことをたくさん話したって、興味なんかないと思われたらどうしよう、と不安になる。

「ねえ教えて、レイシー」

でも、とろりとこぼれるようなダナの声を聞いていると、少しずつ、勝手に言葉が漏れていく。

「……婚約を、していて。それで、貴族と結婚して、魔術を捨ててしまおうと思って」

「レイシーが!?　魔術を!?」

「うん。でも、浮気をされていることに気がついて、婚約を解消したの。ウェインも手伝ってくれた」

「ウェインって、本当にいつもレイシーのそばをうろちょろしているのね」

「それから、魔王を退治した願いを使って、国との契約も破棄して、アステールの名をもらったの」

「そうだったの……。大変だったわね」

「すごく、体が軽くなって」

「うん」

「でも、やっぱり怖くて、たまらなくって」

「そうね」

「嬉しくもあって」

つらつらと、枕を並べて天井を見上げながら語った。見えもしないはずなのに、まるで一面の星空の下にいるみたいで、ベッドの上が原っぱのようにふわふわしている。

ダナはレイシーのどんな言葉にも頷いて、大げさに見えるくらいに驚いてくれた。こんなにたくさんのことを彼女に語ったのは旅をしている間でもなくて、初めてのことだった。

いつの間にか、言えないはずだった言葉まで、つるりとレイシーの喉の奥からこぼれ落ちた。

「私、ダナが来てくれて、嬉しかった」

「私もよ。いつでも遊びにきてとあなたからの手紙に書いてあったのを見て、とってもとっても嬉しかった」

相手の都合を勝手に考えて、下手に距離を測ってしまうのは大人の悪い癖なのかしらね、と呟くような声を聞いて、大人というものは大変なのだな、とレイシーは考える。

相手との距離なんて考えることができるほど、レイシーは器用でもなんでもない。でもレイシーだって、あと二年と少しで成人するのだから、今度は不安になってくる。

なのに聞こえるダナの声はとっても明るくて、優しくて、きらきらしていた。

「レイシー、あなたは誰にもできないことができるのね。羨ましいわ。これからも、あなたが作るものを見てみたい」

レイシーにできることは、誰にだってできることだ。そう思うのに、ダナの言葉が嬉しくて、温かく胸の底に沈んでいく。

ゆるゆると、ベッドの上で二人して寝息を立てた。どこから眠ってしまったかなんてわからないくらい、とっぷりと沈み込んだ。夢だって、見ないくらいに。

目が覚めると、窓の外から小鳥の鳴き声が聞こえていた。

日差しを体いっぱいに浴びながらレイシーはベッドの上で伸びをする。その隣はからっぽだった。

びっくりして部屋の中を見回すと、すでに起床していたらしいダナがベッドから下りてレイシーに背を向けていた。手のひらを開いて、閉じてを繰り返して、振り返ったダナの顔は驚きに満ちあふれていた。

「ねえ、すっごく体がすっきりしてるの……！　こんなの、久しぶりよ……！」

その言葉を聞いて、レイシーはほっと胸をなで下ろした。「でもね」とダナは続ける。

「こんなにすっきりしたのは足湯のおかげであることは間違いないけれど、きっと、あなたとたくさん話ができたということもあるんだと思うの」

告げられた言葉に困惑した。

どう応えよう、と視線を右に、左に泳がせてしまったとき、飛び込むように抱きつかれて「ひえっ」と声を上げて目を白黒させてしまう。

「どうか、これからも友達でいてね。ありがとう」

「あ、う……」

どうしたらいいのかなんてわからなかった。でも、とレイシーは、そっとダナの背に手を伸ばした。

「うん……！」

ぎゅうっと抱きしめ合った体は柔らかくて、いい匂いがして、なんだか少しどきどきしてしまった。


体中がすっきりしているといっても、まだまだ一時しのぎだ。

レイシーはダナにたっぷりと特製の薬草を渡して、使いすぎないようにと念を押した。薬草に頼ってばかりでは結局体に負担をかけてしまうからだ。

荷造りを終えたダナは顔を隠すためにと、やっぱり大きな布帽子をかぶって村に下りた。レイシーもそれについていく。もちろん見送りのためである。

「……ねえ、ダナ、やっぱりもらいすぎじゃない？」

「あなたが私に任せると言ったんでしょ？　私はケチだけど、必要なものまで使わないのは嫌いだわ。それに、巡り巡って私のためになるものだから気にしないで」

ダナの言葉に、レイシーは困って眉毛を八の字にしてしまう。もらいすぎ、というのは今回の依頼料のことだ。

朝ごはんを食べていたときのことである。彼女達二人は静かなバトルを繰り広げた。

まずはダナが依頼料がいくらになるのかとレイシーに尋ねた。レイシーは魔石は形が悪くてどう使おうかと困っていたくらいだし、ココナッツは勝手に庭に生えていたものだから、別にタダでもいいくらいだと思った。でもブルックスからはお金をもらってしまった手前さすがにそれは不平等だ。だから困って、あくまでも魔石の必要経費のみを伝えたところ、ダナの怒りが炸裂《さくれつ》した。

もらうべき賃金をもらわないのは美徳とは言わないという説教から、これが自身が考える賃金だと主張するレイシーの意見とぶつかり合って、最終的に依頼者のダナが価値を決めるという結論に至った。再会したばかりの彼女達ならできもしなかったであろう言い合いだから、二人の距離が近づいた証拠でもある。

そして決まった価値としては、金貨三枚。

レイシーからしてみれば、目が飛び出るほどに多い。それならば、とダナはプラスして、いくつか保冷温バッグをもらえないかと言うので、もちろん頷き、荷物に詰めることができるだけ渡した。

「これ、私の好きに使わせてもらうわね。それも含めての代金ということでいいわよね？」

「そりゃあ、いいけど……？」

むふりと笑うダナの目的は謎である。

「それにしても、この保冷温バッグって不思議ね。どんな素材なのかしら」

「フィラフトの木の皮を使っているの。たくさん譲ってもらったから」

「あら、それってこの辺りを管理するフィラフト公の、ということ？」

「うん。そうかも。プリューム村付近でしか見当たらない品種らしいから」

フィラフト公の名はレイシーにも覚えがある。立派な髭《ひげ》がつややかな男性だったと記憶している。

荷物を抱えて、レイシーとダナはぽくぽくと村の出口まで進んでいく。

「昨日、あんなにすっきり眠ることができたのは本当に久しぶりだったわ」

「それならよかった。でも、無理はしないでね」

「うん。わかってる。あとね、不思議と足もすごくつるつるなの。これってもしかしてココナッツの殻を使ったからじゃない？」

「たしかにそうかも。石鹸《せっけん》やオイルをココナッツで作ってみるのもいいのかしら……」

「できたら教えてね」

「もちろん」

「…………」

「…………」

進めば進むほどに、少しずつ会話も少なくなっていく。見送りについてきてくれているティーも、気を使っているのかレイシーに抱きかかえられたまま、つんとクチバシを閉じて静かにしている。

「あの、レイシー……」

固められた土の道を歩き、ダナは覚悟を決めたというように顔を上げて、ぴたりと立ち止まった。

「私、あなたにずっとお礼を言おうと思っていて。知ったのは旅を終えて街に戻ってからだったの。タイミングを逃してしまったということもあるし、きっとあなたは黙ってしたかったことだろうにどうしたらって」

「……ダナ？」

ずっと考えていたことなのだろう。怒濤《どとう》のように口をくるくる回しながらのダナの言葉に、レイシーは困惑した。幾度も瞬いて、眉間のしわが深くなる。

（お礼？　私が、黙ってしたこと……？）

なんのことなのか、さっぱり見当がつかない。

「あの、その！」

肩に力を入れて、ダナは鞄の紐を強く握った。あと少しというところだ。

「れ、レイシー姉ちゃーん！　ダナ様ー！」

おおい、とこちらに向かってくる声が聞こえる。

息を切らして駆けつけたアレンが二人の前で膝に手を置き、呼吸が落ち着いたところで、「はー」と長い息をついた。それからダナの大荷物を確認して、じろりと二人を睨《にら》む。いや、口元を尖らせて不本意そうな顔をしている。

「屋敷に行ってみたら、誰もいないもんだからさ……やっぱりじゃないか。見送りくらいさせてよ！」

そうレイシーに叫んだ後で、今度はダナを見て、「あっ。いやその、させてください！」と慌てて口調を変えている。ダナは豆鉄砲をくらったみたいな顔をしたが、すぐに吹き出すように笑った。

「俺、おかしなこと言いましたか！」

「言ってないわ。ありがとう、嬉しかっただけよ」

「それならよかったけど。……セドリック！　おっせえよー！」

さらにアレンは振り返って、てこてこと走っているのか、それとも歩いているのかわからないスピードでこちらに向かうエプロン姿のコックに叫ぶ。

「アレンくん、じじいをこき使うのはやめてくれ」と、距離があるものだから小さな声が返ってくる。じじいじゃないだろ、せめておじさん程度だろ、と二人は遠い距離で言い争っている。

「なんでセドリックさんも……？」

「えっ、見送りは大勢の方がいいかと思って！　だめでした？」

アレンは当たり前のことだといいたげな表情だ。

「そういうわけじゃないけど、その」

ダナが言いたいことはわかる。たしかに、セドリックの店にダナとレイシーの二人で夕食に訪れたが、たったの二日だ。それなのにわざわざ呼びつけるだなんて迷惑なんじゃないだろうか、と不安に思ってしまうのだろう。ダナとレイシーは顔を見合わせた。

そして、えっちらおっちらとやってきたセドリックは細長い体をすっくとさせて、「村の外から来る新しい人が僕の料理をうまいと言って食べてくれる。それはとても嬉しいことだったよ。また来てくれ」と無愛想な顔つきなのに愛想のいい言葉で、ダナに握手を求めている。相変わらず表情と言葉が一致しない人である。

ダナは困惑しつつも、「そ、そうですか。ありがとうございます。こちらも素敵な食事でした」と手を握り返す。

そうこうしている間に、なんだなんだと村人達が仕事に行く途中に立ち止まったり、家の中から顔を覗かせたり、わいわいがやがやと集まってきてしまった。

ありゃあ誰だ、見ない顔だな。レイシーさんの知り合いみたいよ、そうか外からの客人か、いいや帰るとこだってよ――。

(えっと、えっと、その)

どうしよう、とレイシーは困って、顔を右に左にと向けた。

村の人達をレイシーは全員知っているわけではないが、彼らからすると別だ。プリューム村の住人達は、レイシーのことを全員が知っている。でももちろん、ダナのことは知らない。大きな布帽子で顔を隠している彼女が噂の光の聖女だとは気づいてもいないだろう。

なのに村人達は一様にダナに声をかけた。また来いよ、だとか。行ってらっしゃい、だとか。気をつけてね、だとか。

最初こそは驚いた。けれど気がついた。これがプリューム村の流儀なのだ。

レイシーが初めプリューム村に来たときは、こっそりと、それこそ身を隠すようにやってきた。たまに来るウェインは隠蔽《いんぺい》魔法をかけているし、ブルックスは嵐のようにやってきて、帰るときもそうだから気づかなかったけれど、狐のような商人がやってくるときは、誰もがおかえりと声をかけて、行ってらっしゃいと見送っている。あまり村に下りることのないレイシーでもその光景を知っているくらいだ。

見送りは大勢の方がいいと思って、と言うアレンの言葉はその通りで、見送りはプリューム村の全員で行うもので、出迎えるときも手放しで迎え入れる。レイシーという新たに来た奇妙な住人を初めこそは奇異な目で見ることもあったが、いつの間にか受け入れてくれている人々の姿がそこにあった。

とにかくレイシーは嬉しかった。何が自分の体に染み込んで、温かくして、堪《こら》えようのない気持ちにしているのかなんてわからない。でもそう思うのはレイシーだからで、ダナがどう思っているのかはわからない。

不安のままに顔を上げてダナを見た。すると、帽子で隠されてはいたが間違いなくダナは楽しそうに笑っていて、村の全てを理解していた。そのことが、もっともっと嬉しかった。

口元をちょっと笑わせていただけなのに、段々と耐えきれなくなったのか、とうとう最後はダナは大声で笑ってしまっていた。

「いやだ、もう、すごいのねこの村。とっても素敵」

指先で目尻の笑い涙を拭って、ふう、と静かに息をする。

「あのねレイシー、私、あなたにお礼を言おうと思っていたって言ったでしょ。寄付のことよ。孤児院に、とてもたくさんの寄付をしたでしょう」

なんのお金を、と言わないのは周囲の目を気にしてのことだ。しかし寄付と言われれば覚えがある。魔王を倒した報奨金のほとんどを、レイシーは各地の孤児院に寄付をした。——ダナと、同じように。

魔王を倒したらどうするのか。焚き火を囲みながら互いに話し合っていたとき、ダナは聖女の力を、きちんと対価を得て使用したい、と言っていた。そしてたくさんお金を儲《もう》けて、故郷や、国中の子ども達をもっと豊かにしたいのだと。彼女が王に願ったことは、さらなる金貨の割り増しだったと聞く。でもそれは、自分に使われるためのものではない。

「ええ、したわ。ダナの夢が、私はとても素敵だと思ったから」

レイシーも、もとは孤児だ。魔力の適性が誰よりもあったから、魔法使いとして国につながれることになった。幼い頃のレイシーにダナのような人がいたらどうだったのだろう、とときおり想像することはあるが、結局よくわからない。

歩いてきた人生は、誰にも変えられないのだから。

「ありがとうって、言いたかったのに、お礼を言うのは何か違うような気がして。でも、改めて言うわ。レイシー、『ありがとう』」

「私も、ダナにお礼を言われたくてしたことではないの。でも、あなたがそう言うのなら、私もこう返答するわね。『どういたしまして』」

握手をして、笑った。それから、「私、お金にならないことはしない主義なの」とレイシーの耳元に、ひっそりと呟く。

「でもね、今はとっても気分がいいわ。この村のことも、あなたのことも大好きよ。それにあなたからたくさんの前払いをもらってしまったもの。何か返さなくちゃフェアじゃないわ。大切な仲間をお願いしますの挨拶もしなきゃいけないしね……皆さん、はじめまして！」

ダナは勢いよく帽子を空に向かって投げ捨てた。淡いグリーンの髪が太陽の中に照らされたとき、初めは何があったのかとぽかんと口をあけていた村人のうちの何人かが、あっと声を上げた。光の聖女、と誰か一人が呟いて、それがさざなみのように広がっていく。

「光の聖女、ダナと申します！　せっかくですので、お見知りおきを、そしてあなた方にこれから先、たくさんの祝福を！」

わっ！　と村人達が驚きの声を上げる。ダナの手のひらから、光が溢れた。

それは誰しもを包み込む優しい光だ。

レイシーからすると覚えのある感覚だが、村人達は驚いて目を丸くしている。最近は腰が痛いと嘆いていたらしいトリシャの姿もそこにある。レインを抱えつつ、しゃんとする自分の腰に声も出せないくらいにびっくりして、自分の背中を見ようとくるくるしている。

——これほどの回復の奇跡を使用できる人間を、レイシーはダナ以外には知らない。だからこそ、彼女は勇者パーティーに選ばれたのだ。

「だ、ダナ、あなた……」

「あなたへのお礼の一部よ。それに旅の間に使っていない神聖力が溜まっていたから。ちょっとは吐き出しておかなきゃ、やってきたお貴族様を調子に乗らせるだけよ。私、適度にしか回復できない設定なの」

はあ、となんとも言うことができず頷く。

にっこりと微笑んだダナは、たっぷりの長い髪を風の中に遊ばせて、大きく手のひらを振った。

さようなら、のはずなのに、まるで行ってくるねと言っているような姿だった。

「……というのが二週間ほど前のことなんだけど」

「ダナは意外なことに派手好きだからな。ブルックスは無意識だが、ダナはわかってそうしているところがなんというか。今は医療院をしているなら、旅を終えた後のことを考えて宣伝のためにわざと目立つようにしていたんだろうな」

パーティーのリーダーとして頭を悩ませた経験を思い出しているのだろう。久しぶりにプリュー厶村にやってきたウェインは、唸りながらも椅子に座って紅茶のカップをお上品に傾けている。

「あの後、なんで光の聖女と知り合いなのかって村の人達から質問攻めにあっちゃった。アレンに言ったときと同じように、王都でのちょっとした知り合いと言ったら納得してくれたけど」

「……暁の魔女と光の聖女がちょっとした知り合いか」

「嘘じゃないもの。それに暁の魔女は赤髪の大人の女性だから、私は名前が同じだけのちんちくりんよ」

「何言ってんだ？」

別に、と短く呟きそっぽを向いた。レイシーが思う大人の姿を思い描いて、自分との齟齬《そご》に悲しくなってしまっただけだ。成人するまで二年と少し。それだけあれば、レイシーだってちょっとは成長するだろうか。

「……さようならと、いってきます。違う言葉なのに、なんだか似ているのね。それなら、そのとき優しい気持ちになれる方を選んだらいいかもね」

「ん？」

ダナを見送ったときのことを考えてみた。なぜだかあのとき、別れなのだとは思わなかった。でもやっぱり、今は少し寂しくなっている。レイシーがしんみりとしていると、ウェインはぽりぽりと肩をかいて、「それなら」と呟いている。

「今度俺が出ていくとき、行ってきますでも問題ないかな」

「え？　いいわよ。だってちゃんとウェインが使う部屋もあるもの。このお屋敷、素敵だけどちょっと広すぎるもんね」

「うん……」

あっさりと返ってきたことに釈然としない様子にも見える。

レイシーとしてみれば、自分の休みの全てをプリューム村にやってくることに費やしている彼である。第二の実家だと思って、もっとのびのびしてほしい。

「それはいいけど、結局、ダナはなんで保冷温バッグを大量に持って帰ったんだ？　自分のためにもなる、と言っていたんだろ」

「ああ、それね……」

一応、彼女から事後報告は届いている。あなたの名前を勝手に使わせてもらったわけだし、とのことだ。レイシーは複雑な表情のまま、ダナから届いた手紙の内容をウェインに伝えた。するとウェインはせっかくの端正な顔なのに、口の端をひくつかせた。

「本当にあいつはたくましいな。一つのことで二つも三つも利益を作るというか」

「まあ、うん。そう。いつも来る行商の人に一応伝えておいたら、アステール印、なんて名前がついて知名度が上がりますねって喜んでたけど」

「そっちもそっちだな」

つまりダナは、貴族達に自分とレイシーのつながりを匂わせた。自分は、噂の星〈アステール〉と懇意なのだと。

新製品をいち早く提供してもらう立場にあると言外に伝え、やってくる貴族達に遠回しに自慢をした。ダナのことだ。嫌味にならぬよう考慮しつつ、密《ひそ》かな重圧をかけるのはお手の物だっただろう。高笑いする姿が目に浮かぶ。

彼女は自身が流行を先導する存在であることを貴族達に印象付け、自身と貴族の優位性を逆転させてしまった。情報を素早く集めるということも貴族の家の格を示す指標の一つである。だから貴族は流行に目がないのだ。

こうしてダナは報酬を受け取りつつも聖女としての立場を保った。とりあえずは貴族達からの無茶な要求は鳴りをひそめたのだという。

レイシーの部屋にある机の引き出しの中には、届いたばかりのダナからの手紙が眠っている。流麗な文字で、貴族達をやりこめてやったと楽しげに書かれた便箋を、レイシーは何度だって見返した。

何でも屋、『星さがし』が噂のアステール印の魔道具を作っているのだと知る人間は少ない。けれどもダナはこれから適切な情報の提供を行い、アステールの魔道具を広める宣伝塔になってくれるだろう。

便箋の最後には、またねと言葉が刻まれていた。同じく、レイシーも言葉を返した。彼女達の会話はポスト便の竜の背中に乗って運ばれることだろう。

これからも、何度だって。

第三章 イノシシ、帰ってくる

凍《い》てつくような寒さの中、ひえびえとした風が通り抜けた。

瀟洒《しょうしゃ》なレンガづくりの建物は慣れない人間には寒さを感じる。フリーピュレイの街にたった一つの医療院の回廊をこつこつと硬い音を立てながら歩くダナの背に、必死な男の声が叩《たた》きつけるように叫ばれる。

「――聖女様！　聖女、いや、ダナ様、お待ちください！」

一歩、二歩と踏み出し立ち止まり、ダナは聞こえぬようにため息をついた。そして振り向く。うっとりするような優しげな笑みだが、多分、彼女を知る人間からすれば奇妙だといわざるを得ない笑い顔なのだろう。とにかく目が笑っていない。

「あらまあ、ロミゴス伯爵ではありませんか」

「お、おお！　ダナ様は私の名をご存知でいらっしゃいましたか！」

「もちろんですわ！　何度もいらっしゃる大事なお客様のお名前は自然と覚えてしまいますの！」

「なんとなんと」

「それでいかがなさいましたか？　また足の具合が悪くなってしまわれたのかしら。医療院の受付は別方向ですわ。まさか迷ってしまわれました？」

何度も来ている客に対して、ダナは再度にっこりと笑う。ロミゴスと呼ばれた男は、どっしりとした体を着ぶくれでさらに膨らませている。ダナを見て急いで駆けつけたのだろう。頬は上気して真っ赤だし、息も荒い。片手には立派な杖《つえ》を持っている。

ふうふうと汗をハンカチで拭いながら、伯爵は本人なりに愛想のいい顔を浮かべた。

「おっしゃる通り、また足がうまく動かなくなりましてな……。しかし本日はそれとは別件で、折り入ってダナ様にお願い申し上げたいことが……」

すでにこの時点で、ダナはこの話には聞く価値がないと判断している。だが伯爵はそんなことも知らずに上機嫌に言葉を続ける。

「ダナ様はアステールの魔道具師と懇意であると伺いました。ぜひ！　私にもご紹介いただきたいのです」

「あらあら」

断られることなど、一つも考えていない。そんな男に対しダナはさらに笑みを深くし、さっくりと返答した。

「大変申し訳ございませんが、アステールの魔道具師はとっても人見知りですので、実際に会うとなると伯爵の機嫌を損ねてしまうかと思いますわ。ご理解くださいませ」

――要約すると、『お断りだ、この野郎』である。

はは、と伯爵が笑う。それに対してダナも笑う。はは、はは、はは……。

「い、いやそんな、機嫌を損ねるなど」

から寒い笑い声の中で、伯爵はそんなこと、まさかと繰り返し、顔をひくつかせている。

「ええ、ええ。伯爵以外にも、そうおっしゃる方々はいらっしゃったのですが」

「わ、私以外にも」

「フリーピュレイ医療院は誰しもに平等の精神を謳《うた》っておりますから、まさかご自身だけ融通してほしいなどと貴族の皆様のような高潔なお方がおっしゃるわけもなく」

「はは、まさか、そんな、ええ……」

ダナは以前までの彼らを思い出した。聖女と呼ばれはするが内心ではダナを見下す貴族は多くいた。目の前にいる男、ロミゴスもその通りだ。視線を泳がせ、いかにこちらをやりこめようと思案している。

(さて、どうしたものかしら)

今までならば適当におだてて、煽《あお》って、気分良く帰らせていた。誰が味方になって、敵になるのか、わからなかったから。

ゆっくりと考えたとき、ストレスは溜《た》めないようにと願う人見知りの魔法使いの姿を思い出した。自然とダナの口元は微笑《ほほえ》みつつも次の言葉を紡いでしまう。

「……中には、困った方もいらっしゃいますの」

「……困った方、とは？」

「ええ。最近、治療の必要のない方が何度も当院にいらっしゃいまして……。たしかに治療を行ったはずの箇所を、効果が切れてしまったとおっしゃるんですが、困ってしまいますわ。中には聖女と懇意であると見せたいがために、遠い地からわざわざ来られる方もいるほどで」

ダナが言葉を重ねるほどに、ロミゴスの顔は真っ青に変わっていく。短い指先が、ぶるぶると震えている。

「神は全てを理解なさっております。嘘偽《うそいつわ》りを吐き出す舌は、いつか引き抜かれてしまうでしょうに心配ですわ。ときに伯爵、随分暖かそうな格好をなさっていますわね？　寒さが苦手なのかしら。随分遠い場所からいらっしゃったのね？」

「あ、う……」

「そうですわ、最近アステールの魔道具師が《足湯》という新たな方法を考案しましたのよ。伯爵は風呂という文化をご存知かと思いますが、湯船に体全体をつけるのではなく足のふくらはぎ程度までお湯につけることで体中を暖める効能があるそうですわ。寒さが苦手というのならぜひとも伯爵も……あら、足にお怪我《けが》をしていらっしゃるというのに私ったら。てっきり……」

「きゅ、急用を思い出した！　私はこれで失礼致す！」

ダナの言葉を無理やりに遮り、杖を使うことすら忘れて転がるようにロミゴスは消えていく。その後ろ姿をダナはしらけたような瞳で見送った。

「よろしかったのですか？」

「ええ、客を一人失ったわ」

どこからかするりと現れた影のような少女にダナは腕を組みながら返答する。

ロミゴスは以前から悪目立ちのする客だった。遠いところからわざわざ杖のような小道具まで使って毎度ご苦労様と呆《あき》れてもいたが、金を落とすので大目に見てやっていたつもりだ。

「でも、負担を増やす客を追い出す権利はこちらにあるわ。それにあの男、いい噂《うわさ》を聞かないもの。今まですり寄っていた分家が大きなやらかしを行ってしまったみたいで、新たなすり寄り先を見つけたいようだけれど、こちらもごめんよ」

鼻で笑う。そうした後で、やはり先程の自身の判断を間違いないものだったと再確認する。

今までのダナであるなら、レイシーの正体を伝えることはないだろうが、適当にかわして再度医療院に赴くようにうまい言葉を告げていただろう。だが一時しのぎのごまかしを繰り返して、いつかの未来に着ぶくれした貴族とともに共倒れになるなどたまったものではない。

（それにしても、本当にレイシーの影響は計り知れないわね……）

遅かれ早かれ、レイシーは貴族の争いに巻き込まれるだろう。

名と姿を隠したところで、彼女の魔道具の力は彼女自身が考えている以上のものだ。

さきほどのロミゴスの動きも気になる。追い詰められたネズミほど、何をやらかすかわかったものではない。

「……気の回しすぎかもしれないけど、ちょっと声をかけておいた方がいいかもしれないわね」

「誰に、ですか？」

首を傾《かし》げる少女に、ダナは面白げにむふりと笑う。

「そんなの、レイシーのことだもの。一人しかいないでしょう」

＊＊＊

「クソッ、馬車を出せ！　早く出せと言っているだろう、聞こえないのか！」

「は、はいっ！」

苛立《いらだ》たしく馬車の扉をあけ、ロミゴスは御者に叫ぶ。真っ赤な頬にぶくぶくに着ぶくれした服。フリーピュレイの雪遊びに慣れた子ども達《たち》なら、きっとこう思うだろう。雪だるまが動いている、と。

「私がわざわざ、こんな僻地《へきち》に訪れてやっているというのに……なんなんだあの女は。少し美人だからといって、まったく調子に乗っている！　もとはただの平民のくせに、何が聖女だ……！」

ロミゴスは持ってきていたはずの杖もどこかに投げ捨て忘れてしまったことを思い出した。まあいい、と外に流れる景色に顔をしかめた。こんな寒い辺境などもう来ることはない。彼の領地は王都にほど近い場所にある。

「アステールの印の、魔道具師……」

まずは匂い袋だった。そして今は保冷温バッグと呼ばれるなんとも不思議な魔道具が、王都とフリーピュレイの街の二つを中心にして飛ぶように売れている。

しかし、それを作った者は誰も知らない。もともと贔屓《ひいき》にして色々と理由をつけて通ってやっていた聖女が、そのアステールと懇意であると噂を聞き飛んでやってきたわけだが、無駄足だったと

ロミゴスは地団駄を踏んだ。

「くそう、何もかもあいつが悪い……！　あいつさえ、いなければ……ッ！」

短い爪をがりがりと噛《か》んだ。社交界の誰もが、ロミゴスを冷ややかに、あざ笑うような目で見ている気がする。今まで彼はなんの不安もなく輝かしく笑っていたはずなのに。

自分の上にいる人間など吐き気がする。下にいる者は多ければ、多いほどいい。そのためには、どうすればいいのか。

今や社交界は正体不明の魔道師の噂でもちきりだ。

「アステールの、魔道具師。匂い袋は、まずは王都を中心として売られた。そして次の保冷温バッグも聖女がいるフリーピュレイを除けばそうだった。必ず魔道具師は王都近くに存在する。そいつを私のものにしてみせる。虱潰《しらみつぶ》しに、探してやる――！」

＊＊＊

「ふえっくしゅ」

「……レイシー、風邪か？　もしかして腹を出して寝ただろう」

「そんなわけないでしょうウェイン。……そんなわけ、ないよね？」

もしかして、と思わず自分のお腹《なか》を触ってしまう。

真夏の盛も過ぎ、裏庭の畑も随分落ち葉が目立つようになってきた。レイシーは細い竹を集めて箒《ほうき》を作ってみた。レイシーの庭にはもはやなんでも育っているし転がっている。

ひゅるりと静かに吹く風の匂いはいつも季節の変化を教えてくれる。かさこそ落ちる葉っぱを箒で集めた。ティーは葉っぱのベッドで寝そべってころころと幸せそうだ。

その後ろでは、ウェインが焚《た》き火《び》を使って大鍋で煮込んでいる。

「ココナッツからオイルを作るなんて、面白いこと考えたもんだなあ……」

丸太の椅子に座って火の番をしつつ、すっかり真っ白にとろけている鍋の中を見つめた。大きすぎる鍋はキッチンでは手狭になってしまうから、落ち葉掃除のついでで丁度いいと外に出してきたのだ。

「ココナッツについては私じゃないわ。ダナが最初に言っていたのよ。意外と色んな使いみちがありそうで考えたら楽しいけど」

そうさらりと言うレイシーからしてみれば、帰りしなにダナが話していた『足湯に入れた足がつるつるになっているのはココナッツを使ったからかも』という言葉をヒントに行動したにすぎない。

「だからってなあ……」と、ウェインは呆れたような顔をしたが、いつものことだと言いたげにため息をついた。思いついても、それを形にするのが普通は難しいものなんだよ、と呟《つぶや》いた彼の言葉はレイシーに届くことなく、しゃかしゃかと楽しそうに箒で落ち葉をはいている。

「……なあ、それは何をしてるんだ？」

「落ち葉をはいているの。普通ならまだ落ち葉になる時期じゃないけど、色んな季節が入り交じる畑になっちゃったから、一足早い子もいるのよね」

「そうじゃなく。魔術を使えばいいんじゃないか？」

煮詰めたココナッツの実が焦げないように鍋をぐるりとかき回しながらの勇者の言葉である。

ウェインは聖剣も似合うが、おたまも似合う男である。

レイシーは箒を握りしめつつ、きょとんと瞬《まばた》き振り返った。

「……魔術を？」

「だからさ、屋敷を掃除するときも、魔術を使ったって言ってただろう。落ち葉も風魔法でさっと集めればいいじゃないか。俺じゃ無理だが、レイシーなら簡単だろ？」

「簡単だと思うけど、しないよ」

そしてあっさりと否定した。

「それだと、葉っぱ一つひとつの形を見ることができないからね。魔術じゃなくって、自分の手でした方がいいときもあるかなって」

ついこの間まで、レイシーは魔術とはただ攻撃の手段として使われるものだと思っていた。

ウェインの魔術を見てそんなことはないのだと知り、理解した。たくさんの可能性を教えてもらった。

そういった使い方は便利なことに違いはない。でも多分これからもレイシーは全てを魔術に頼らないだろう。自分の手で触って、探って、初めてわかるものもあると知っている。

「……なるほどな」

自分の下手な説明で何を言っているんだと思われてしまうかもしれないと考えていたのに、ウェインはすぐに頷《うなず》いた。

ウェインは器用で、なんだって飲み込みが早い。彼は頭がいいから曖昧なレイシーの言葉をすぐに理解してしまう。だからいつも甘えそうになってしまうが、ウェインのことを深く考えると、なぜだか胸がぎゅっとなって、きゅんとした。

（いやいや、今の私、ちょっと変だった）

ぎゅっとなった、まではわかる。説明が下手な自分に悲しくなってとか、いくらでも説明はつく。けれどその後の流れがわからない。最近レイシーは妙にウェインのことを思い出す。今までずっとそばにいた大切な仲間だから、そんなの当たり前だと感じる反面、きゅっと息がつまるような苦しい気持ちになるときもある。

「これは……もしかすると」

レイシーはわなないた。

（私、なんらかの病気なのでは!?）

声に出さなかったのは隣に心配性の元勇者がいるからだ。

ダナに診てもらった方がよかったかもしれないと後悔したが、いやでもこんなことで、とレイシーが葛藤しているとき、「なあレイシー」と、ぐつぐつと煮える火の具合を確認していたウェインに声をかけられた。

「何かほしいものはないのか？」

「…………どうして？」

あまりにも突拍子がない。レイシーが首を傾げるのも無理はなかった。

でもウェインからすればそうではないようで、「いやどうしてってて」となんてこともないように言葉を重ねようとしたときだ。

ひゅおっと大きな風が吹いた。レイシーは慌ててすっとんでいきそうな帽子のつばを両手で引っ張る。からん、と足元に箒が落ちてひょおひょお躍りながら転がっていく。その様子をウェインはぱちくりした瞳で見ていた。

「大丈夫か？」

「うん、なんとか飛ばされなかったけど……ティー？　どうしたの？」

「キュイッ、キュイキュイキュイ!!」

落ち葉の中でもふもふとベッドを作って楽しんでいたはずのティーが勢いよく飛び起きた。そわそわと周囲を見回し、困った顔をしたと思うと、キリッと瞳をつり上げる。

「ンキュイーーーーッ!!」

まるでここにいるぞ、と主張するような声だった。

「ほ、本当に、一体どうしたの……？」

当惑するようにレイシーが瞬いた。そのときだ。

「ぶもぉおおおおお！！！！」

聞き慣れた声が聞こえた。いや、鳴き声だった。

ティーは両手の羽を広げたまま、ぱあっと瞳を明るくする。帰ってきた、と嬉《うれ》しそうにばたばたしている。ぶもお、ぶもお、と叫びつつ、どたどたと聞こえる足音はどんどん大きくなってくる。

旅立っていたイノシシである。

叫びつつ突撃しながらやってくるイノシシに、あら、おかえりなさい、とレイシーは返答しようとするが、やってくるイノシシは止まらない。イノシシが実家に里帰りしている間に、畑は様変わりしていた。あるはずの木はないし、逆にないはずの植物がにょきにょきと伸びている。

全てはレイシーの類まれなる魔力のせいなのだが、そんなことは知らないイノシシはブレーキをかけるはずがうっかり足を滑らせ、茶色い巨体が宙を舞った。

「ぶもっ!?」

なんとまあ。

くるくると回るイノシシは大きな風呂敷包みを背負っている。あれは一体なんだろう、と不思議に思う間もなく、イノシシはウェインがかき回す鍋に直撃した。正確にいうと、焚き火に突撃した。

ボッ。火花が弾《はじ》けて、そして。

――イノシシ、爆散す。

「え?」

なんとイノシシは、力強く炎の中に飛び込んだのだ。

焚き火にかけられていた鍋はごとんと跳ねたが、ウェインが見事に濡《ぬ》れ布巾《ぶきん》でキャッチしている。その間、レイシーとティーは弾ける火花に呆然《ぼうぜん》として、赤々とした火を顔に映していた。

焚き火はごうごうと揺らめいていた。

おそらくイノシシはこんがりおいしく焼き上がるのだろう。

「ではなく!!」

あまりの状況に思考が停止してしまったが、ぼんやりしている場合ではない。

「ななな、なんで!?　いやなんで!?　なんであぶられてしまっているの!?」

「落ち着けレイシー。あいつはワイルドボアだろ。これくらいの火なんてなんでもないし、風呂に入ってるみたいなもんじゃないか？」

「えっ、あ、そうか。そうよね、そうだった……」

フェニックスであるティーは火でありスライムは水というふうに、魔物にはそれぞれ属性というものがある。

イノシシと呼ばれている彼は、実のところワイルドボアという名の魔物である。

ただの動物と魔物の差は、心臓が魔石でできているかどうかだ。魔石は血と同じように体中にそれぞれの属性と同じ質の魔力を循環させ、魔物をより強く変異させる。

ワイルドボアの属性も火であり、大きな牙と体中を覆う硬い体毛が特徴だ。個体差はあるものの毛の一本いっぽんにまで染み渡った魔力はそんじょそこらの火は寄せ付けない。

だからこそ焚き火の中でごうごうと腹を焼かれているイノシシは、やっちまったぜ的顔をしつつもまったりしているのだろう。

冷静に大鍋を地面に置きつつ焚き火から距離を置いたウェインは、「な？　大丈夫って言ったろ」と、まるで世間話をしているようにレイシーに話しかけた。それでも驚きは消えなかったから、胸元に手を置きつつゆっくり深呼吸をした。

とりあえずよかったよかった、とみんなでほっとしつつ、耐性があるといっても限度があるだろうと、「そろそろこっちに来て、危ないわよ」とレイシーが声をかける。

「ぶも」

おっしゃる通り、とイノシシは頷いた。――そして弾けた。

ばちばちと何かが爆散して、じたばたイノシシが暴れている。そのうちの一つ、白く小さな何かがウェインめがけてやってくるが、淀《よど》みない動作でぱしっと二本の指で受け取った。

「あっち！」

何かをつまんだまま、ウェインは手のひらを振っている。

「ぶもももももも!?」

「ちょっと待って、すぐに――」

レイシーは素早くバッグから杖を取り出し放り投げる。宙で受け止めたときには、ぐんと杖は大きくなっていた。

「魔術を、使うから！」

杖はレイシーの意思で自由に収縮する。足元ではティーが両羽を開きながら、むんっと息を吸い込み、吐き出した。

「ンキュオオオオッ!!」

生み出された風圧を、ばさばさと羽を揺らして焚き火に叩きつける。

火の反対の属性は水である。火属性のイノシシに万一があってはいけない。

（だから、水魔法を使うなら直接ぶつけない方法で……！）

フェニックスであるティーは炎の扱いならお手の物だ。ティーが生み出した風がぐるぐると焚き火の炎を巻き取り、細長く空に向かって伸びていく。そしてレイシーが向けた杖と、口元から高速で編み出される呪文を糧に、杖の先から水の塊が噴射される。

宙に浮かんだレイシーの水はまるでしゃぼん玉のように柔らかく丸くなり、細い炎をしゅるしゅると吸い取っていく。薄い膜の内側を回りながら炎は次第に小さく変わっていき、レイシーが指を鳴らすとぱちりとしゃぼん玉は割れた。

空からは天気雨のような小雨がはたはたと落ちるばかりだ。

消えた炎に安堵《あんど》してレイシーは長く息を吐き出した。「きゅいいいいいん！」と、ティーがばたばたと両足を動かして必死にイノシシのもとに駆けつけている。ぶもぶも、きゅいきゅい、ぶももん。どうやら深刻な怪我はないようで胸をなで下ろした。

そしてハッとして振り返った。

「そうだ、ウェインも！　大丈夫？　熱いって言ってたよね、やけどをしていない？」

「いや、別に大したことない。しかし……」

と、眉をひそめながら握りしめた手元をそっと開き、白くふかふかした何かをレイシーに見せた。

「……これは？」

ウェインの手元を覗《のぞ》いて首を傾げるレイシーに、「さあ……」とウェインは返答する。

きゅいきゅい、ぶもぶもと再会を祝い合う声を聞きつつ、穏やかな午後の時間が過ぎていく。

ウェインとレイシー達は、白いふかふかした何かをポップコーンと名付けることにした。

イノシシが風呂敷に大事に背負って持ってきていたものは、干したとうもろこしであり、同族達の好物なのだという。里帰りのお土産だったそうだ。

だがそれを火であぶると弾けるというのはイノシシも想定外だったようで、残ったとうもろこしをウェインとともに鍋を使って火を通すと、弾けに弾けた。

とうもろこしの粒がふわふわの白いものに変わってしまうとは驚きを隠せなかったが、恐るおそる食べてみるとなんだかおいしい。全員で顔を見合わせ、口元を押さえてびっくりした。

とうもろこしの残った粒を畑に植えると、翌日には大きな粒をぱんぱんに膨らませ育っていたので、そろそろレイシーの畑も化け物じみてきたような気がする。できたとうもろこしを干す作業も、ようはとうもろこしの水分を調節し抜き取ってしまえばいいので、レイシーの出番だ。

というわけで、レイシー達は干したとうもろこしを持って村に下りた。向かう場所は村で唯一の食事処《しょくじどころ》、サザンカ亭だ。

ダナとの一件があって以来、レイシーはときおりサザンカ亭に足を運ぶようになった。その中で店主のセドリックは無愛想ながらに料理に対しては研究熱心で、レイシーの保冷温バッグを実は手放しで喜んでいたという事実を知った。

そして、次に面白いものがあればまた自分のところに持ってきてほしいとも言われていた。

「別に俺がいるんだし、わざわざ食事処になんて行かなくてもいいんじゃないか」と珍しくぶつくさ言っているウェインをいなしつつ、レイシーはサザンカ亭の扉を叩いた。

「いらっしゃい。おや、そちらは？」

カウンターに座って新聞を開きながら、細いフレームの眼鏡の向こうからじろりとこちらを睨《にら》んでいるように見えるが、別にそんなわけではなく心の中では歓迎してくれていると知っているので、レイシーは静かに頭を下げた。

ティーとイノシシも、ぶいぶい、きゅいきゅいと言いながらレイシーの足元からぴょっこり顔を覗かせている。動物、というか魔物になるけれど、食事処につれていくのはどうだろう、と当初は遠慮していたのだが、セドリックから「いつもの鳥くんはどうしたんだ」とせっつかれたので気にせず連れていくことにした。

「こんにちは、セドリックさん……。あの、今日は面白いものを持ってきたんですけど。あと、こっちの人は私の知り合いで」

「ほう。レイシーさんが面白いとはよっぽどだな」

セドリックはちらりとウェインを見た。

「そちらが例の彼氏くんか」

レイシーのもとに外からやってくる男がいるということは村人の大半が知っていることだ。

ウェインは金髪、青い瞳の端正な顔の青年だが、勇者としての顔が売れすぎているから、普段は隠蔽《いんぺい》魔法を使用している。

セドリックの目には彼が一番思う平凡な青年の姿が映っているはずだ。

「あの、彼氏ではないです」

「なるほどこんにちは、はじめまして彼氏くん」

とりあえずレイシーは否定するが、セドリックはまったく聞いていないのでそれ以上はやめておいた。無駄な苦労をしたところで仕方がない。

「……こちらこそ、はじめまして」

セドリックから出された手を握りつつ握手を返したものの、ウェインは珍しく愛想悪く返答している。レイシーはおや、と疑問を抱いたが彼ら二人は初対面のはずだし、セドリック側は至って普通の様子である。ウェインがつっかかる理由もわからない。

だから多分気の所為《せい》だろう、と思うことにした。

「それで、面白いものというのはそれかな?」

ウェインがたくさん、レイシーが少しだけカゴに盛っているとうもろこしのふっさりした尻尾にちらりと視線を向けた。

「はい。少し調理が必要ですが、よければセドリックさんにも食べてもらえればと」

「よし、丁度いいことに客もいない。厨房《ちゅうぼう》に行こう」

とても話が早かった。さっと扉を固定させ、片手を向け店内に案内する。レイシー、ウェインが店の中に足を踏み入れ、その後ろにティーが続き、最後にはイノシシが。

「……ぶも」

「食べやしないから、君も入っておいで」

「ぶもも」

平和にのしのし進んでいく。

それからレイシーはセドリックから鍋と油を借りて、ポップコーンを作り上げた。

膨らんで弾けた音にセドリックは眼鏡をずらしつつ驚いていたが、そうっと指を伸ばしてつまみ、口に入れた瞬間、いつもは薄《う》っすらと細められた瞳が、ぎゅんっと大きくなった。

「レイシーさん」

「はい」

「この名前は何だったかな？」

「とりあえず、ぽこぽこ弾けるので、ポップコーンかなと」

「よろしい。ならば本日、店は臨時休業だ。……今から村中の人を集めて、ポップコーンの試食会を始める！」

細い体のくせにそれ以上の存在感でカッと瞳を見開きセドリックは叫んだ。レイシー達は呆然とした。そして、始まったのはポップコーン大会である。

「俺は塩のポップコーンがもっとほしい！」

「リーヴ、これ甘い方が絶対いいよ！」

双子がコップに入れられたポップコーンをほっぺたいっぱいに頬張っている。

その後ろにはくるくる髪の女の子がからっぽのコップを持っていて、ハッとしたヨーマが「どうぞ！」と真っ赤な顔でポップコーンを差し出した。

リーヴははぐはぐ頬を膨らませつつ様子を見守っているが、女の子は「しょっぱい方がいいわ」とすげなく断る。がっくりと地面に沈み込む双子の片割れの背中をリーヴは優しく慰めている。

サザンカ亭の外までデコレーションされたガーランドは、どこから取り出したのかカラフルで可愛《かわい》らしい。並べられたテーブルにはそこかしこにポップコーンの山がある。

プリューム村の顔役であるババ様は大きな椅子に可愛らしくちょこんと座って「ふょほほ」と楽しそうに笑っている。しかしよく見れば椅子が大きいのではなく、ババ様が小さいだけだった。

アレン一家の他にも、顔だけしか知らない村人も、たくさんいた。

レイシーもはくりと一つポップコーンを食べたはいいけれど、緊張して胸の奥でつっかえてうまく飲み込むことができない。相変わらず動揺しつつ、右に左にと視線を動かし、やっとごくりとポップコーンを飲み込んだ。

楽器まで持ち出して楽しげな音楽に合わせて踊っている人達までいるから、試食会なんてものではなく、まるで何かのお祭りのようだ。

（……な、なんでこんなことに？）

『このポップコーンは、そのままよりも色んな味付けをして楽しんだ方がいい。それならまずは意見交換といこう』

と、セドリックの一声で、一斉に村人達は集まった。

テーブルや椅子を出して、飾り付けをして、ついでに飲み物や各自家からつまめるものを持ってきて、とあっという間の連携だったが、「レイシーさん、また面白いものができたって聞きましたよ」と誰から言われたのかもわからなくなるくらい声をかけられ、「姉ちゃん、なんですぐに俺に教えてくれないんだよ！」とアレンはじたばたしていた。

何か勘違いをされているような気がするが、別にポップコーンもレイシーが考えたわけではない……ということを調理中のセドリックに説明したが、「とうもろこしを育てて乾燥させたのは君でしょうよ」とあっさり言い切られてしまった。

釈然としないのだが、発端のイノシシといえば流れてくる楽曲に腰を振りつつ四足を暴れさせて、村人達からひゅうひゅう吹かれる口笛にのりのりである。レイシーよりも遥《はる》かにこの場に適合していた。そして踊り終わった報酬代わりに、ポップコーンをたらふく、山盛りに食べていた。

（それは、いいんだけど……）

料理をする人間の手は足りているから、レイシーにできることといえば配膳くらいだった。

呼ばれるがままにしゅるしゅると人の隙間を縫ってそっと渡す。

表に立つよりも、こっちの方が性に合っている。せっかくだからと運ぶ途中にレイシーもつまんでみたが、一つ食べるとあとを引くような味付けばかりだった。甘いのも、しょっぱいのも両方おいしい……はずなのだが。

いつの間にかサザンカ亭の厨房ではなく野外に設置された料理会場の熱気溢《あふ》れる風景を、口元をへの字にしつつレイシーは見届けるしかない。

「塩の方がうまいに決まってるだろ！」

「いいや、キャラメル味だ！　甘い方がいいに決まってる！」

リーヴとヨーマの双子ではない。大の大人の言い合いである。

より正確にいえば、ウェインとセドリックの二人が鍋を持って汗だくになりながらも額を突き合わせている。そして互いに犬歯を見せ合いながら、大量のホップコーンを生み出している。

「塩だ、いいかい、塩！　彼氏くんはわかってないな、ぴりっとしたちょっぴりの塩がよりあとを引くってことがなんで理解できないかな？」

「それは認める、けどな、甘いものはうまい。それは間違いないだろう？」

「バカだねぇ、甘やかすことだけが人生じゃないんだよ。たまにはちょっと塩を入れることが楽しく盛り上がるための人生のスパイスってもんだろう？」

「俺はでろでろに甘やかす方針なんだよ！　悪かったな！」

ぎゃんぎゃんしている彼らを見つつ、むしゃっとポップコーンを食べているアレンは、「あれほんとにポップコーンの話？」とレイシーに尋ねるが、「……多分」としか返答しようがない。

いつの間にかウェイン達は、

「俺がいない間にレイシーが世話になっているようで！　どんなものか腕前を教えてほしいもんだ！」

「ああもちろんだとも！　僕としては客が増えることは何よりだ！　存分に味わってほしい！」

と、世代を超えてばちばち火花を散らしていた。一体なんの話をしているのか。

そしてついでとばかりにレイシーが持ってきていたココナッツオイルを使っての勝負までが始まってしまった。

最終的に箸休めとしてのサラダやケーキを作ったセドリックが拳を振り上げ勝ち誇り、はちみつを混ぜた飲みやすいジュースを作ったウェインは崩れ落ちて悔しげに地面を拳で叩いていた。よくわからないが彼らの中では勝敗が決してしまったらしい。

なるほど、ウェインが珍しくセドリックにつっかかっているかと思ったら、料理に対する密《ひそ》かなプライドがちくちくと刺激されていたのだろう、とレイシーは理解した。

ウェインはあくまでも貴族であり、彼の料理スキルは旅の間に培われたもので、いわば付け焼き刃だ。元来の器用さでごまかされそうになるが、実際のところ生まれついての料理人であるセドリックにはまだまだ敵《かな》わない。

それ以外にも、レイシーの食事を作る役割としてのプライドもあったわけだが、もちろんそんなことには彼女は気づいていない。

ちくしょうとウェインは叫んでいたはずが、ちょっと目を離すとセドリックと話し合い、料理のアドバイスをもらっていた。真剣な顔をしていると思えば、どちらかが冗談めかした言葉に笑って背中を叩き合っている。ウェインはもともとそういう男である。

――どんちゃん騒ぎは、夜まで続いた。子ども達はすでに家に帰っているが、山盛りの料理を肴《さかな》に大人達はちびちびとお酒を飲んでいる。踊り疲れたイノシシはティーと一緒に腹を出して眠っていた。

夜になって注文も減り、ちょこまかと動き回る必要もなくなったので、レイシーはただぼんやりと村人達の様子を見つめていた。

「おしゃけは呑《の》むの？」

ふと聞こえた声にびっくりして、周囲を見回した。

どこにも声の主は見当たらないと思ったら、ババ様が手を後ろに回してちょこんと立ってレイシーを見上げている。真っ白い髪の毛をくるんと左右に二つくくりにしていて、くしゃくしゃの顔は笑っているのか、そうじゃないのかわからない。

でも多分、嬉しそうな気もした。

「おしゃけ……あ、お酒ですか。いえ、私はまだ成人してないので……」

「そうにゃの。しっかりしてるみたいに見えるけど、おいくつだったかしりゃ？」

「十五ですが、もう少しで十六です」

ババ様はいつも少し舌っ足らずにゆっくりと話す。

幼く見えると言われることはあっても、しっかりしていると言われたのは初めてである。ちょっとだけ驚いた。

ババ様は、「そうにゃの、そうにゃの」と頷いて、今度はとっぷりと暮れてしまった空を見上げている。ガーランドの紐《ひも》には、カンテラがひっかかっていて、風の中でゆらゆらと揺れていた。

「こんなふうにするのは久しぶりだから、レイシーしゃんは驚いたかしら。昔はね、羽根飾り村《プリューム》に名前を変えた頃は、みんなでよく集まって星見をしたのよ。それも、少しずつ村がさびれていくとともに、しなくなってしまったけりょ」

レイシーしゃんが来てくれたからかしら、とババ様はころころ笑った。

「いいわねぇ、とっても楽しい。レイシーしゃんは、プリューム村にとって、新しい風なのねぇ……」

そんなことはないとレイシーは思ったし、自分はただのきっかけの一つだ。

でもきっとババ様は心の底からそう思ってくれているから、それを否定するほどレイシーは無知ではない。

むずむずとした気持ちは、いつもそうだ。アステールの名をもらってから、いつだって彼らはレイシーの心の内側をひっかいて、おかしくさせてしまう。

何かを堪《こら》えるような顔をするレイシーを見て、おやとババ様は白い眉毛をふさりと上げた。それからすぐに笑った。「にょほ、にょほ」と言いながら、けんけんぱっ、と足を開いて、閉じてを繰り返しながら祭りの中に消えていく。

――昼間あったテーブルや椅子は場所を移動して、真ん中には大きな火の粉が巻き上がっていた。ティーとイノシシは、炎を見て飛び起きた。火の属性の彼らだから、嬉しくなってちょこちょこ回って、レイシーのもとにやってくる。

「ティー」

「きゅい？」

呼んだ？　とでも言いたげに、ちょいとティーは顔を上げた。

フォティア、という名をつけた記憶は、まだ新しい。レイシーは、少しだけ考えた。

「……ノーイ」

誰のことだろう、とイノシシは周囲を見回した。

それから、もう一度レイシーは彼を呼んだ。

「ねぇ、ノーイ」

それが、自分の名だと気がついて、イノシシは飛び上がった。ぶもお、とそれはそれは嬉しそうに踊りだした。

プリューム村には魔物避《よ》けの結界が張られている。レイシーがテイマー代わりの存在として近くにいれば別だが、本来ならティーやノーイはプリューム村に近づくことはできない。

——けれど、名を与えたのなら別だ。

「ぶもおおお!!」

名は、信頼の証《あかし》の一つだ。

ノーイの声がどこまでも広がる空の中にきらきらと輝いて通り過ぎ、ゆっくりと消えていく。

どこか遠い山の向こうで、静かに声が返ってくる。おおん、と鐘を叩いて響いたような音だ。

レイシーは自分の口元がいつの間にか、柔らかく弧を描いていることに気がついた。

それが、どうにもくすぐったくてたまらなかった。


祭りの騒がしさは、少しずつ消えていく。

だからなのだろうか。わずかな寂しさが胸の奥をひっかいて、ふとした気持ちをレイシーの中に蘇《よみがえ》らせた。

人と関わり、出会うこと。それはひどく不思議なことだ。幸せに思う気持ちがある。けれども、だからこその恐怖も感じる。

「レイシーさん、もうとうもろこしはないかな」

「えっ。あ、屋敷にまだあるかもしれません、見てきます！」

「いいや。もう遅いし、お開きの時間にしてもいいさ」

「でもまだいらっしゃる人もいますから！　セドリックさん、待っていてください！」

すぐさま駆けた。終わりがくることが怖かったのかもしれない。足を踏み出すほどに人々の声が少しずつ小さくなっていく。

代わりとばかりに虫の声が大きくなった。ちりちり、と鈴を転がすような音が聞こえる。真っ直《まっす》ぐに歩くと、川に出た。それに沿って歩いていくと屋敷に着く。ランプを持ってくることを忘れたから、周囲に誰もいないことを確認してレイシーは指先に火の粉を灯《とも》す。

それをすっと放り投げると、蛍のように点々と道の端を照らしていく。

ふと先を見ると、ウェインが川岸で静かに立っていた。

差し出した腕に大きな何かが飛び乗る――竜のポスト便だ。彼らは暗闇の中でも、どこにでも手紙を届けてくれる。

「ウェイン……？」

レイシーが声をかけると、小さな竜はすぐさま飛び立った。真っ暗な空の中を、微《かす》かな星あかりだけを頼りに力強く風を切り、竜は去る。

「……手紙がきたの？」

「ああ、まあ」

てっきり、ウェインは祭りの中にいるものだと思っていた。

ウェインはすぐさま受け取った手紙を反転して差出人を確認したが、誰からと聞いていいものかわからなかった。

そのままポケットにしまわれた手紙は少しだけ気になったが、「それより」とつり上がったウェインの眉の方がレイシーにとっては今すぐ対処すべき問題である。

「なんでこんなところに一人でいるんだ」

「えっ。その、とうもろこしの残りを取りに帰ろうかなと……」

「夜だぞ。俺が行くからレイシーはみんなのところに戻れ」

「……魔物や野盗が出ても、別になんの問題もないんだけど」

「たしかにそうだな。それならわかった、サザンカ亭まで二人で一緒に戻ってから俺が一人で取りに戻ろう」

「それってより悪化してない？」

つべこべ言うなと不機嫌に声を出して、ウェインはピィッ！　と指笛を吹いた。慌ててレイシーは回れ右、と足を踏み出す。ウェインは大股でレイシーに追いついて、どちらともなく笑いながら、やってきた道を戻っていく。

「……なあ、いい村だな」

「うん、そうだね」

レイシーの魔術はまだ消えていないから、ぽたぽたとこぼれたみたいな光の道を二人で歩いた。

ときどき、振り返って、空を見上げて。

ころろん、と小さな星が静かな尾を引き、落ちてく。

＊＊＊

レイシーが初めてプリューム村にやってきたときは、肌寒くなってくる季節だった。そこから春から夏に移り変わり、また肌寒い秋が訪れようとしていた。

木々や風の匂いが少しずつ変化してひんやりと懐かしく変わるとともに、何をするにも小さくなって杖を握りしめ、大きな帽子ですっぽりと顔を隠していたはずの少女は、いつの間にか前を向いて広々とした道をゆっくりと進んでいた。

もちろんそれは大きな一つの変化であったけれど、実のところ、変わったのはレイシーだけではなかった。

オレンジ髪で、以前はそばかすが目立っていた少年も、レイシーが出会ったときよりもぐっと手足が伸びて力もついた。

――アレンは、十三歳になったのだ。

「父ちゃん、お願いがある」

テーブルの上に置かれたランプの炎が、ゆらゆらと揺れている。

アレンは椅子に座りながら、ぐっと拳を握った。それから顔を上げ覚悟を決めて、目の前の父に告げた。

家族が寝静まった家の中で、カーゴはじっとアレンを見つめていた。

「畑仕事が嫌なわけじゃないんだ。でも俺は、もっと、俺だけができることをしたい、と思ってる……」

アレンからすれば一世一代の告白だったが、カーゴは腕を組んで静かに息を吐き出すだけだった。

これは、ずっとずっと、アレンが考えていたことだ。

――アレンは面倒見のいい長男だった。父親の畑もよく手伝うし、弟妹の世話をすることは自分の仕事だと思っていた。

けれど、どうだろう。もちろんそれも大事な仕事だが、弟達だって以前よりは父であるカーゴの仕事を手伝えるようになってきた。リーヴもヨーマも相変わらず騒がしい双子で頭が痛くなることは多々あるけれど、してはいけないことの線引きはきちんと理解している。

それじゃあ、俺の役割ってなんだろう、とふとしたときに考えたことが始まりだった。

頭の隅にあっただけの気持ちは知らぬうちに大きくなって、考える時間が少しずつ長くなっていったが、それでもクワを振るっていた。だってそれがアレンの仕事だから。

そんな彼を変えるきっかけとなったのはレイシーとの出会いだ。

『この方法だったら、体をしっかり休めることでベストな状態に導くことができるかなと！』

きらきらとした瞳でアレンとダナに語りかけるレイシーの姿を、何度だって思い出してしまう。

何かを生み出すということは、畑仕事にも似ている。こつこつと積み重ね、試行錯誤して満足がいくものを作っていく。

プリューム村が、その名の通り羽根飾りの村として賑《にぎ》わっていた頃、アレンはまだ八つだった。いつもみんな忙しそうで、たくさんの羽根飾りを作っていた。それがいつしか忘れられ当たり前になり、寂しいという気持ちすらも記憶の片隅に追いやられてしまっていた。

（俺だって、もっと何か、俺にしかできないことをしたい）

そう思う。でもそんなこと、あるわけない。アレンができることは、きっと誰だってできることだ。家族のために体を使って働くことを心の底から大事にも思っている。でも、くすぶるような感情は次第に大きくなっていく。

だから、吐き出した。そして父に伝えた後に後悔した。具体的に何をしたいということもわかっていない。レイシーと一緒にものづくりをしたいと思う。でもそれも何か違う気もする。

ぐちゃぐちゃと混じり合って、絡まってしまった糸のような感情だった。

その中の一本をほどいてみて、最初にわかったことは恥ずかしさだ。自分の手のひらよりも大きな何かを摑《つか》みたいとただ無計画に叫んでいる自分がまるでとても幼い子どものようで、父に出した言葉を今すぐに引っ込めたかった。

（俺は、何を言っているんだろう）

耳の後ろが熱くなって、苦しくなる。許してほしいと自分で言ったはずの言葉に願う。

いっそのこと、馬鹿だと笑ってほしかった。今すぐに話を終わらせて、日常に戻りたかった。

「わかった」

なのに、カーゴはゆっくりと頷いた。

アレンの固く握りしめていた拳が、ぶるりと震えた。

「なあアレン。お前はレイシーさんの力になりたいんだろう。何かをしたいんじゃない。お前にできる力で、彼女の役に立ちたいんだ」

言われて、ひどくしっくりきた。

ぽとんと言葉が胸の中に落ちていくようだ。

「……俺が、レイシー姉ちゃんの、力に」

「ああ、別にそれは悪いことじゃない。でもお前はレイシーさんのようにはなれない」

わかっている。アレンは魔術が使えるわけではないし、同世代よりちょっと背が高くなってきたといってもそのくらいで、何もかもが平凡だ。

「もし、本当にそう思ってたんだとしたら、俺は、やっぱり……とても、自分が恥ずかしいよ」

「そんなことはないだろう。リーヴもヨーマもでかくなった。二人でお前一人分くらいの働きにはなる。レイシーさんは俺達の恩人だし、何より村の力になってくれる。アレン、お前がレイシーさんの手助けをしたいと言うんなら、父親としても、プリューム村の住人としても応援する」

「……うん」

「レイシーさんみたいに、ものを作ることだけが全てじゃないさ。多分なんだが、レイシーさんは金勘定が苦手だろう。金に興味がないんだろうな。それなら無理にこっちが口を出す必要はないが、少なくとも損をしないように、アレン、お前にレイシーさんの手助けができるかもしれない」

レイシーは、商品の卸売りを定期的にやってくる行商人に一任している。プリューム村としても長く取引をしている男だから信用がないわけではない。でも彼は村の住人ではない。

これはアレン一人では考えつかなかったことだ。

レイシーを助けたい。いつの間にか、アレンの中でははっきりとした目標が出来上がっていた。力いっぱい、アレンはカーゴに頭を下げた。勢いあまって、テーブルに額をぶつけてしまったほどだ。ごっつん、と揺れたテーブルを見てカーゴは笑いじわの目立つ顔を苦笑させて、「がんばれ」と一言息子に伝えた。

新しい道を行く。それはとても勇気が必要なことだ。

けれど、道があるのなら進んでいく。振り向かないくらいに、真っ直ぐに。

「旅は道連れ、世は情けェ、というやつですねぇ！」

「……それは知らないけど」

からからと馬車の車輪が回っている。

ときおり石を踏んで、大きく揺れる。尻を持ち上げるような衝撃に「おわあ！」とアレンが悲鳴を上げると、行商人はうしゃしゃしゃと笑っていた。どんな笑い方だ。

相変わらず狐《きつね》のような男だった。細い目はきゅうっと丸くなって弧を描いているといえばいいが、言い換えれば隙がないようにも見えるのだなと、アレンは男の隣に座って気がついた。

行商人とは思えないようなカラフルな色合いの服を着込んでいて、まだ寒さも本格的ではないはずが首元には大きなショールをぐるりと巻いている。

アレンの父であるカーゴよりは若いだろうが、それでもアレンよりはずっと年上だ。

見かけだけなら二十歳の半ば程度に見えるが、彼は何年も前からプリューム村に行商にやってきていた。でもこんなに長く一緒にいるのも初めてのことだ。そして馬車の荷台にレイシーや村人達から預かった商品をたっぷりと積んでいると思うと、なんだかひどく緊張する。

カーゴと相談したアレンは、まずは行商人について品を売り出す手伝いをすることにした。

だからしばらく畑を手伝うことができないと家族に告げると、双子達は互いに顔を見合わせたが、任せろと胸を叩いてくれた。

村を出る際にはレイシーにも声をかけた。アレンの胸中を知ることのないレイシーは、不思議そうにしていた。

「あ〜〜かいは〜な〜握りしめ〜。いっちまーい、にーまい！」

「…………」

そして現在、行商人の隣に座ってがたごと道を馬車に乗って走っている。

歌っている童謡はアレンでも知っている。しかし音痴である。知っているはずが、知らない曲のように聞こえてくる。

「なあ、それ歌わなきゃダメ……？」

「あったり前でしょう。魔物避けがある道をなるべく通って進んでますがねぇ、何があるかわからんのですから歌ってあたしらがいるよと主張せにゃ。子連れのワイルドベアーは人の気配を避けますよ。ほら、だから一緒に」

「……あーかい花を握りしめぇ～……」

「まあ、こんだけ道が悪くてガタゴトしてりゃ嫌でもあっちに気配は伝わると思いますけど」

「…………」

「いい声ですよ、アレンくん！　うひゃひゃ！」

すでに相性の悪さを感じていた。

王都まではゆっくり馬車で進んで、二日程度の距離である。残りの道のりを考えて、頭が痛くなってくるほどだ。これだけ不安になったのは、走る喜びを知ってしまった弟達が四方八方に走り去りえてしまったとき以来である。

まるで酔っ払いに絡まれているような感覚を持ちながらも、道中はなんとかかわしつつ一日が過ぎた。馬は休ませながら進める必要があるから、走り通すわけにはいかない。馬の世話や荷台の確認、食事や寝床の準備など、やるべきことはたんまりあった。

弟達の世話に明け暮れた経験から、アレンは目端がきく少年だ。するすると如才なく動き、旅は意外なことにも順調だった。

そしてそのまま無事に王都にたどり着くだろうと思っていた頃だった。

「アレンくん、はいどうぞ、これをかぶってくださいな。顔が見えないくらいに思いっきり目深にね」

「えっ、あ、え？」

「あたしもほらねぇ」

行商人は着ていたカラフルな服を脱ぎ捨て、地味な色合いに変えている。アレンに渡されたものはフードつきのローブだ。

「ここで人と待ち合わせをしているもんで。はい、はい。馬車から下りて」

「いや、下りてって、そんな」

「おう、早いなリューゲ！」

道の端で待っていたらしいガタイのいい男がひょいと片手を上げた。

アレンはリューゲと呼ばれたのが行商人であることにしばらくして気がついた。何年も前から知っている男だというのに、アレンは行商人の名を知らなかったことを思い出した。

もちろん、カーゴは知っているだろうが、プリューム村に来る行商人といえば一人きりなので、行商人というだけで会話が通じるので不便がなかったのだ。

「ああ、いい道連れができたからねぇ」

「ふうん」

戦士風の男は緩く返事をしてアレンを見下ろしたが、アレンはすでにローブのフードをかぶっていたから、互いに顔はよく見えない。

行商人がなぜか男に金を渡したかと思うと、男はアレン達の馬車に乗って馬の手綱を引き、からころと進んでいってしまう。

「えっ、あ、ちょっと、えっ!?　なんで!?」

「まあまあ。あたしらはゆーっくり歩いて行きましょ。急いじゃ損って言うもんさ」

「知らねえよ！　俺達の馬車が！　荷台が！」

「落ち着きなさいよ」

大丈夫大丈夫、なんて、まったく安心できない言葉を吐き出しながら、ぱしんとアレンの背中を叩く。よく見れば、最低限の荷物は持っているらしく、二人で荷物を抱えた。王都までまだ歩いて半日の距離だった。とにかくアレンは先に進んだ。そうするしかなかった。そして、あっさりと荷台に積まれていた荷物と再会した。

王都にたどり着き、大きな門を恐るおそるくぐった先には溢れんばかりの人々がいた。

まともに村から出たこともないアレンからすれば圧巻だった。

「もしかして今日って祭りか何か？」

「そんなわけないでしょ。お、早かったねぇ」

「あんたがマンソン？　ほらここに置いといたよ」

見ると、馬車に乗せていたはずの木箱が道の端に置かれている。

声をかけてきたのは、あの戦士風の男ではなく恰幅《かっぷく》のいい女性だった。

「マンソン？　リューゲじゃなくて？」

瞬くアレンを無視して、ありがとうねと行商人は礼を言って、「ほらほらアレンくん、しゃっきり運んでくださいな！」とにこにこと荷物を持ち上げる。わけもわからずアレンもそれに続いた。

「おう、ランツ！　一等地だぜ。感謝しろよ！」

今度は髭《ひげ》の男が呼びかけてくる。

「毎度、ありがたいことだねぇ」と行商人はへらりと笑っていたが、また名前が違っている。

「ど、どういうこと？」

道端に敷かれた布の上に、行商人と髭の男はどんどん品を並べていった。アレンの手も休むことなく彼らの動きを真似《まね》ているが、もちろんわけがわからない。

あまりにも目まぐるしい。けれど、今、一つひとつ並べていくものはどれも見覚えのあるものばかりだ。レイシーが作って、足りないものは村人達も助けてくれた。父や母も、忙しい日々の中で針を動かしていたものもある。

だから急いで、けれども丁寧に陳列した。誰かの手に届いてほしいと願って作ったものばかりだ。大切な想《おも》いがこもっていることがわかるから、受け止めて、並べていく。アレンの様子を行商人はちらりと細い目で見ていたが、そんなことに気づかないほどに、アレンは必死に並べていく。

（まさか、こんなところで売るのかな……）

初めて訪れた王都は、恐ろしいほどの人の量だった。

アレンは行商人から渡されたローブのフードを深くかぶったままで、見るからに怪しげな格好だ。だというのに、王都を歩く人々は一様にアレンを気にする様子もなく通り過ぎていく。人が多すぎるから、他人にも無関心なのかもしれない。

　これじゃあ見向きもされないんじゃないかとぞくりとする。

（せっかく姉ちゃんが考えて、村のみんなが作ったのに）

　もっとうまく売る方法があるんじゃないだろうか。自分ならどうするのか。考えて、悔しくて唇を噛みしめた。そのときだ。

「……もしかして、あれって、アステールの……？」

　女の声だ。

　店が立ち並ぶ大通りである。買い物帰りなのだろうか、アレンが振り返ると大きな袋を抱えていた少女がぽつりと呟く。その声を聞いたらしい別の人間が、同じく言葉を繰り返した。アステール、と何度も聞こえた。匂魔具《ほうまぐ》、保冷温バッグ、もしかしたら、新作――？

「ね、ねえあなた、これってもしかしてアステールの魔道具？　そうよね？」

「え、あ？　その、うわっ」

「もちろんそうです。新作ですとも！」

　唐突に話しかけられ、まともに返答もできないアレンの肩を摑み、後ろに引っ張りながら行商人が答える。その瞬間、そこかしこから悲鳴が上がった。あまりの声に驚いて、アレンは自身の耳を塞いだ。次々と人が流れ込んでくる。それはさながら戦場のようで、飛ぶようにものが売れていく。

「嬉しい！　ずっとほしかったの！　いい匂い……」

「保冷温バッグ！　こっち、こっちの花の刺繡《ししゅう》も可愛い～！　買います！」

「お、お買い上げ、ありがとう、ございます……！　ありがとうございます、あ、ありがっ」

「アレンくん大丈夫ですかぁ!?」

「じ、人生で一番人に囲まれて、正直混乱して、うあ、お買い上げありがとうございます！」

助けてくれと叫びたいが、そんな場合ではない。

髭の男も、行商人も、アレンも含めて誰しもが大声を出して金を受け取り、品を出して次々にさばいていく。

「どけっ、お前ら、どけぇ！」

無理やりに人垣をわけて入ってくる男がいる。どこかの貴族の兵士らしく周囲の悲鳴をものともせず、乱暴に叫んでいる。

「そこの行商人達！　こちらに来い！」

その声を聞いて、狐のような瞳のまま行商人は笑った。きゅっといつも以上に瞳を細めて、首に巻いていたショールを勢いよく引き抜き、「おおっとぉ、手が滑っちまったぁ！」と、ぐるん、と兵士の顔に巻きつけた。

ふがっと兵士は息をつまらせるが、薄いショールだ。もちろんなんの意味もない、と思いきや、兵士は苦しげにくしゃみをした。

「なんっ、ぐしゅ、ぐへっ、ぶくしゅっ！」

とてもつらそうである。

自分で無理やりショールを引き抜いた後も、兵士の顔は涙や鼻水でずるずるだ。

「ああっ！　すみません、さっき昼を食べたときに、うっかり首元のショールに大量のこしょうを塗り込んじまったみたいで！」

言い訳が赤ちゃんである。アレンの妹の方が上手にご飯を食べている。

「おま、ふざけっ、ぐしゅっ、ぐしゃんっ！」

「あ、そのショールはさしあげますよ。不運なうっかりですからねぇ。まさかこんなことでお貴族様に歯向かった、なんてことにしないでくださいよ。そして丁度いいことに、店じまいのタイミングでして！」

行商人がショールを外さなかった理由がわかったところで、周囲を見回すとすでに大半は売り切れている。髭の男は地面に敷いていた布をくるくると巻き上げていて、とっくに逃げ支度も完了していた。

「ま、まてぇ！」

「どうぞ、またのお越しを～～！」

勢いよく脱兎《だつと》した。

必死に追いかけてきた相手に、今度は髭の男が布を投げつける。

「ぶぼほっ」

段々アレンは相手が気の毒になってきた。

すばしっこさなら行商人にも負けない。人の波をかいくぐり、街の外に飛び出たところにいたのは別れたはずの馬車だった。

「はい、はい、行きますよぉ！」

御者台に二人で飛び乗り行商人が手綱を握って馬が駆け出したときには、髭の男はいつの間にか消えていた。

それこそ、あっという間の出来事だった。

「あの、今のは、一体……」

「人気が出過ぎるのも、困りものってことですねぇ」

行商人はにっと笑った。そして教えられた。

――レイシーの魔道具は、あまりに人間を呼び寄せ得るのだと。

荷物が少なくなった分、馬の走る速度は行きよりも少し速く進んでいるような気もした。それでも何度も後ろを気にしながら、森の中を進んでいく。

「初めにあの子が作った魔道具を見て売れる、と思ったんですよねえ。けれど、こりゃあ売り方も考えないといけねぇなあと思いもしたんですよ」

ともすると、信用できないとも思ったはずの横顔が、今はゆっくりと沈んでいく太陽の中で頼りがいがあるようにも見える。

行商人は眩《まぶ》しそうに瞳を細めて、ぱかぱかと道を進む。

「すげえもんが売れるとなると、嬉しいじゃないですか。でも、そうするとまがい物や似たような商品が出るのは仕方ない。商業ギルドにあたしらは守られてますから、不安も少ない。だから、一番怖いのはそれじゃあなくて、客なんですわ。あたしらにゃどうしようもないやつらも、ほら誰とは言わないけどいるでしょ」

こしょうで顔を苦しげにさせていた男は、腰には剣をさしていた。胸元には立派な紋章があった。間違いなく貴族と関係がある。もし彼らに何かを命令されれば、アレン達にはどうすることもできない。

「だからねぇ、一応あたしも気を使ってるんですよ。どこの誰が売っているのかわからないように、馬車を変えたり、人を変えたりねぇ」

「……名前も変えたり？」

「はい。あたしの名前はランツといいます。他は全部嘘っぱちです。普段はあんなにわかりやすく表じゃ売らねぇけどね。アレンくんが見てみたいんじゃないかと思ってねぇ。たまには趣向を変えるのもいいでしょうと」

「……うん、なんか、すごく」

あれがほしい、これもちょうだい。少女や、女性。中には男性もいた。妻が喜ぶと嬉しそうな声や彼女達のきらきらとした瞳を思い出す。

「すごく……言葉に、ならない」

「でしょお」

それこそたまらないとばかりに顔をほころばせるランツを見て、何がもっとこうして売ったらいいだ、と自身が恥ずかしくなった。ランツはアレン以上に物事がわかっていて、レイシーや村人達から渡された道具を慎重に売りさばいてくれている。

「……みんな、アステールって言ってた」

「星という意味ですよ。レイシーさんが考案した道具の印として、星の形をどれもこっそり記していますから。誰もがね、アステールの品を求めて買いに来るんです」

「すごいってことはわかってるつもりだった。でも、多分俺、全然わかってなかった」

「あたしはあの人が、次はどんなものを作ってくれるんだろうとわくわくしてたまりませんよ。ポップコーンにココナッツオイルに足湯。どうやって売っていこうと戦略を練ることに必死ですとも」

忙しくってたまりません、とランツは口元を緩めた。彼は、彼にしかできないことを力の限りやり遂げている。

それに比べて、と胸の内ばかりが重たくなる。いいや違う、悔しくてたまらない。あまりにも自分が情けない。

けれど、それを表に出すことはさらにたまらないことだったから、アレンは御者台に座りながらじっと自身の拳を見つめた。

ランツはアレンを見向きもせず、ただ馬の手綱を引いた。がたごとと車輪が回る音がする。静かに夕日が沈んでいく。「だからね」と、ランツは続けた。

「あたしは、忙しいんですよ。カーゴからアレンくんが手伝ってくれると聞いて、そりゃもうありがたかった。信用できないやつには名前だって教えられねぇからね。頼りにしてますよ」

リューゲや、マンソンではなく、ランツと彼はアレンに名乗った。

そのことを遅れて噛みしめて、力いっぱいに頷いた。

「…………はい！」

＊＊＊

「……と、いうことがあったんですよねえ」

レイシーの目の前には、相変わらずカラフルな服を着てランツが得意げに語っている。

手間賃を差し引いた売り上げを受け取りつつ、レイシーはなんとも言えない曖昧な表情になるしかない。

「あたしは深くは聞いてませんけどね？　アレンくんはレイシーさんの力になりたいみたいで。いやあ！　あたしってば口が軽い男だから、いいねぇと思ったらすぐにペロッと言っちゃうんですよねぇ！」

「ペロッと……」

それは褒められるべきことなのだろうかと思いつつ、言われなければきっと自分は気づきもしなかったのだろう。アレンが行商に行くことは聞いてはいたものの、その裏側の気持ちまで目を向けようとはしていなかったことが申し訳なかった。

温かい気持ちを与えられたのなら、ありがとうと礼を伝えたい。けれど、アレンがレイシーに知られぬようにこっそりと行動したのなら、レイシーも知らないふりをしなければならないのだろう。

いつか必ず別の形で返そうと誓って、少なくとも目の前にいる人にも伝えなければいけない言葉があるとぴんと背筋を伸ばして向き合った……けれど、やっぱり緊張してすぐに下を向いてしまった。

「あの、ランツ、さん、ありがとうございます！　本当に今更ですけど、いつも大切に荷物を届けてくださって……」

レイシーが作った道具が、誰かの手に渡るのならとても嬉しい。

村の人達の協力だって、無下にしたくもない。ランツの存在はレイシーにとってなくてはならない、とても大切なものだ。

「あと本当に今更なんですけど、私、あなたの名前も知らなくて。大変失礼なことをしました」

こうして何度も会って、お金をやりとりしている相手だというのに。

ときおりレイシーは当たり前のことができない自分が恥ずかしくて、情けなくなる。

けれどいつまでも恥じているわけにはいかない。ぐっと拳を握って、勢いよく顔を上げた。かぶっていた帽子まで揺さぶられる。

「はじめまして！　私の名前はレイシーといいます！　何でも屋をしています！」

「はい、はじめまして。あたしはランツ、しがない行商人です」

互いに名乗って頭を下げた。それからいつまで経《た》ってもレイシーが頭を下げているものだから、ランツは耐えきれずに笑った。

「いや、いいんですよレイシーさん。聞かれたところで、あたしは多分名乗ってはいませんから。

信用できる人にしか名前は言わないようにしてるんです。それに暁の魔女様に頭を下げられるなんて、どうしたらいいかわからないじゃないですか」

レイシーは弾かれたように顔を上げた。

驚いて声すらも出なくて、呆然としている。そんなレイシーを見て、ランツは相変わらず笑顔のままだ。

「魔王を討伐した勇者パーティーは五人いた。勇者ウェイン様は王都に残り、鋼鉄の戦士ブルックス様は故郷に戻り新たな流派を作り、光の聖女ダナ様は医療院を作り経営に奔走していらっしゃる。他に一人、エルフもいたそうですが、まあエルフはね。そもそも人里にあまり姿も見せないし、謎が多い種族ですから。……こうして行商人をしているとねぇ、色々な噂が耳に入ってくるんです」

ランツは細い目のまま、とんとんと自身の耳を指で叩いた。レイシーは彼に知られていたことに未《いま》だ驚いたまま、じっと青年を見上げるしかない。

「そして暁の魔女様は国との関係を捨て、どこぞに隠匿されたと聞いていやしたが……」

「えっ、隠匿!?」

そこまで聞いて、声を上げてしまった。相変わらず噂には疎いレイシーなので、自分が王都を去った後でどう言われているかなんて知らなかったし、考えたこともなかった。ランツがわずかに目を見開いて、「あれま、違いましたか」と予想外といった口調で首を傾げたが、すぐに納得した様子だった。

「たしかに偽名を使ってもいないですし、隠す気はなさそうな感じはしてましたね。聞いた話と見かけも違いますから、わざわざ言わなけりゃ疑う人も少ないでしょうし。あたしも最初は半信半疑でしたよ。勇者パーティーに黒髪の小さな女の子もくっついていたって噂もありましたけど、あれはレイシーさんのことだったんですねぇ」

そうだ。別に知られても構わないと思っていた。もちろん黙っていることができるならそれに越したことはないけれど、知られたところで大して問題のないことのはずだった。

けれども今となっては苦しげに口をつぐんで、レイシーは首を振ることしかできない。

誰かに近づけば近づくほど、知られることが恐ろしかった。レイシーが磨き上げた魔術の目的はただ一つ、魔王を倒すためだけのものだったが、人を傷つける術にもなる。

レイシーは獣のように鋭く尖《とが》った牙を隠し持っているようなものだ。そのことを、プリューム村の人々に知られたくはなかった。

アレン達の笑顔が壊れていく様を想像すると恐ろしくてたまらなかった。

「無理をお願いしているのは、重々承知です。でも、みんなには、どうか」

「あたしからは言いません。ええ、ええ、あたしはとにかく口が堅い男と有名なんです」

ぱしん、とランツは自分の胸を叩く。

さっきと言っていることが全然違う、なんてことは言えなかったけれど、作りそこねた笑顔でレイシーは笑った。くしゃくしゃな笑顔だった。

狐のような男は「大丈夫ですよ」とだけ告げたが、それがどういった意味なのかはわからない。

続きがなかったのは、畑を守っていたらしいティーとノーイが突撃するかのごとくやってきたからだ。

「キュイキュイキュイッ！」

「ぶもももももお！」

「ヒエッ！　二匹に増えてるぅ!?　それじゃあ、あ、あたしはこれで失礼しますぅ！」

ランツとティーの相性はとてもよろしくない。すでにティー側の復讐《ふくしゅう》は終了しているため、気にしなくてもいいだろうに、植え付けられた恐怖心は消えることがないらしい。

ティー達からすればただのいらっしゃいの出迎えだろうが、「ヒギャーッ！」と悲鳴を上げているランツからすれば、まったく異なるものらしい。

逃げるランツの背中をティーとノーイの二匹が追って、少しずつ遠のいていく。レイシーは少しだけ吹き出してしまった。でも、しゅるりと冷えた風が通り抜けていくのを感じた。

嬉しいと、恐ろしいと感じる気持ちは裏表だ。それがまるでぱたりと裏返されてしまうような。

冷たい風が吹いていた。

そこはひどくざわついた場だった。

豪勢な音楽よりも人々の会話がひどく耳障《みみざわ》りで、ウェインは静かに息を吐き出した。

染みひとつない真っ白なテーブルクロスが敷かれたテーブルの上には、そこかしこに料理が盛られた大皿がある。かちり、かちりと食器がこすれる音や、笑い合う声が聞こえる。

「お客様、ワインをお持ち致しますか？」

ウェインの片手にはからっぽのワイングラスが持たれていた。気がついて、少しだけでも残しておけばよかったと後悔した。そうすればこうしていちいち話しかけられることもない。

「ああ」と、短い返答と仕草でもウェイターは正しく理解し、ウェインがテーブルの上に置いたグラスにゆっくりとワインをそそぐ。

（……どこか遠い場所にいるような気になるな）

貴族のパーティーとは大抵こんなものだ。

ウェインは伯爵家の次男坊だから慣れた世界のはずだが、海の街タラッタディーニでブルックスと酒を交わしたり、プリューム村で腹いっぱいにポップコーンを食べたりしたことの方が今となってはしっくりくる。

仕方がないとはいえ中々に息苦しい。

ウェインは社交界にふさわしく、普段よりもかっちりとした服を着ていて隠蔽《いんぺい》魔法も解除している。服の襟を引っ張ってため息をついている金髪の青年の姿をパーティーに参加する婦女子達《たち》はひっそりと扇越しに見つめ、「勇者様でいらっしゃるわ」「噂《うわさ》通りの麗しいお姿ね」と囁《ささや》き合っている。

（しかし、居心地が悪い……）

そういった視線も含めての感想だったが、大皿に山盛りのポップコーンが盛られていることに気づき、ふと口元を緩めてしまった。ふわりと胸が温かくなってしまう。

とりあえずと近くにあるサラダに口をつけてみると、こちらも覚えのある味がする。ココナッツオイルだ。もしかすると、隣のクッキーもそうだろうか。

「んぶっ！」

「？　何か……？」

「いえ失礼、なんでもありません」

ポップコーンを上品にスプーンですくって食べている貴婦人を目にして、耐えきれず笑ってしまった。当たり前だ。貴婦人達が手袋を汚すような食べ方をするわけがない。

他にも、こんな会話をする者達もいた。

「ねえ、あなた。足湯ってご存知？　足を出すだなんてとんでもないと思っていましたけれど、試してみると長年悩んでいた足のむくみがとてもすっきりして」

「まあ本当ですの？　アステールの魔道具師が考案した方法ですわよね。私もダナ様からお話を伺って気になっておりましたのよ」

――まるで互いを探り合っているようだな、とウェインは感じたが、事実そうなのだろう。よく見れば彼女らは腕に保冷温バッグを掲げている。さすがに使い方が違うのではないだろうかと疑問に思わざるを得ないが、これが王都の光景だ。ダナが熱心に宣伝するようになってさらに勢いは増したようにも思う。

需要に供給が追いついていないから、レイシーが作った魔道具を手に入れること、また知っていることが一種のステータスにも変わっているのだ。

そんな中で、パーティーの主催者はとにかく大きな声を張り上げていた。もともとの声の大きさなのか、それとも聞かせるようにしているのか。

ウェインは剣呑《けんのん》に瞳を細め、男――ロミゴスへとゆっくりと近づく。

フリーピュレイの医療院でダナにそっけない態度をとられて逃げるように去った貴族だった。

ロミゴスは雪だるまのような体を必死に広げて胸をはり、周囲の人々と談笑している。

主催者である手前、貴族達は一様に微笑《ほほえ》んではいるものの、どこか瞳は冷たい。そのことをロミゴス自身も気づいているのかさらに声を張り上げているが、ウェインにはどうにもから回っているように見えた。

「伯爵は随分と必死なご様子だ」と、囁くような声が聞こえる。

他人をあざ笑って楽しげにしている周囲こそ馬鹿馬鹿しいとウェインは考えたが、これが貴族というものだ。転がり落ちていく者には誰も寄り付くことはない。藁《わら》をも摑《つか》もうと伸ばされた手がこちらにきてしまってはたまらないからだ。

しかしロミゴスが主催するこのパーティーには意外なことにも大勢の人間が出席していた。面白がって、様子見として。様々な理由があるだろうが、一番の理由は他にある。

「私は、あのアステールの品の全てを手にしてみせますとも！」

大仰な仕草と言葉で周囲と笑っていた。

そんな人々の隙間から、ウェインはさらに睨《にら》むようにロミゴスを見る。

「なんせ私はあの、光のダナ様と懇意ですからなあ！　何度も医療院を訪れましたし、私のことを大切な客とおっしゃってくださったのです！　嘘《うそ》ではありませんぞ！」

仮面を貼り付けて語らう貴族達の顔は、誰しもが同じように見える。

「おお、ダナ様と！　ダナ様はアステールの魔道具師と親しいと聞きますからなあ」

「わたくし、匂魔具《ほうまぐ》を買い揃《そろ》えてしまいましたわ、どれも素晴らしい品ですもの」

どれも芝居がかった言葉だった。

ロミゴスは丸々とした拳を握って、ぶんぶん振って主張した。

「いいですか、皆さん！　私は以前からアステールの品に目をつけていたのです。売り出される場所から、産地を考え出しまして……いやこれ以上は言えませんな」

「なんと。気になるところで話を終わらせるお方だ」

「はっはっは。言ってしまっては私が一番になれないではないですか」

おっしゃる通りだと、どっと湧き上がる。

無駄な時間だった。ウェインはため息をついてさっさと会場をあとにしようとしたが、目ざとく見つけたロミゴスは招待客をかき分けるようにウェインに近づく。

「勇者様！　勇者様ではございませんか！　勇者様の生家であるシェルアニク家にも招待状を送らせていただきましたが、まさか本当に来ていただけるとは……！　ぜひ、ぜひお楽しみくださいませ！　まだまだ出し物もございますので！」

「いえ、所用がありますので。早々に失礼ですが、帰らせていただこうかと」

「そんな！……音楽、料理、どれをとっても一流のものをそろえているんですよ！」

たしかにどれもこれも立派なものだ。流行も意識したらしく、ポップコーンがあるのはそのためだ。

けれども、立派な皿の上に載せられたポップコーンはどうにもちぐはぐで、落ち着ける空間とは程遠い。会場はぎらぎらと金の装飾ばかりが輝いていてため息が出そうだった。

悪趣味、ともいえる。

「……申し訳ありませんが」

「それなら土産を！　皆様に、土産を準備しているのです！　おい、そこの！　お前だお前！」

ロミゴスは横柄に声を張り上げた。声をかけられた使用人は驚いたように飛び跳ねてしまって、ウェインは気の毒に思った。

「え、あの」

「ぼうっとしているな！　さっさとあれをもってこい！……勇者様、もうしばらくお待ちください、アステールの品はご参加くださった皆様分をなんとか買い揃えさせていただいておりますので」

怒声をはらんでいたはずの声が、ウェインにはすっかり調子を変えている。

「流通が少ないものですから、無理に平民達から買い上げたものもあるのですよ。ああ、もちろん買ったその場で取り上げましたから、中古なんてものはございませんのでご安心を。まったく手間をかけるものです。……私が！　アステールの魔道具師を手に入れた暁には、さらなる流通を確保致しまして、平民などではなく、貴族の方々に届けるようにしっかりと教育し指導しますので――」

「もう結構だ」

あまりにも聞くに堪えない。気づけば言葉を吐き捨てていた。

「えっ、あの、勇者様……？」

「自身が求めるものが、他人と同じであると思わない方がいい」

自然と威圧するように言葉が漏れ出た。

「そうした考えは、いつか自分自身の首を絞めることになる」

「え……」

揉《も》み手《で》の格好をしたまま固まるロミゴスを見て少しばかりやってしまったと思う気持ちはあったが、そのままくるりと背を向けた。

縫い付けられたまま動くことができないロミゴスは、今度こそウェインを止めはしなかった。

ウェインは足早に屋敷を去った。そして送られてきた手紙を思い出す。

――出てきたのは、随分と重たいため息だった。

＊＊＊

「なあ、余計なこと言ったよな？」

「言ってませぇん」

「言ったよな！」

「言ってませんよったらぁ」

アレンの言葉に、ぬるりとランツが返答した。ガラガラと引かれる馬車に体を揺らしつつランツを睨んだが、おそらくまったくもって響いていない。ぴゅるぴゅる、とランツは楽しそうに口笛を吹いていた。アレンはさらに眉間のしわをぐっと深くさせた。

最近はアレンも馬の手綱を握らせてもらえるようになった。

行商にも慣れてきて、少しずつできることが増えていくのは嬉《うれ》しくも感じている……けれども。

「絶対に言っただろ！　明らかにレイシー姉ちゃんの言動が変だ！　だって王都に行くって俺が言う度に妙に緊張しているし、拳を握って『がんばれ！』なんて、力いっぱい応援してきておかしいからどうしたんだよって聞いても目がめちゃくちゃ泳ぐし。なんだよ目に金魚でも飼ってるのかよ！」

「あの人たまにすごく顔に出て面白いですよねえ」

「そうそう……じゃない！　違う！　ランツ、あんたぜーったい姉ちゃんに何か言ったろ、言ったよな！」

「へらへら」

「どんな笑い方だよ！」

すっかり敬語も消えて気心もしれている。

尊敬すべき大人だと思ってもいるが、どうにも態度に表せない。だって始終この調子だ。アレンの言葉にもどこ吹く風で、何を言ったところでするすると避けられてしまう。

「アレンくん、そらそら、もうちょっとで王都ですよ。しっかり手綱を握ってくださいな」

そもそも、アレンがランツに同行している理由は商売の手伝いだ。アレンもするりと表情を変えて、わかったと固く頷《うなず》き、ローブを着る準備をする。

アレンがこうして幾度か王都を訪れ知ったことは、ランツは毎度、手を変え品を変えレイシーの品を売りさばいているということだ。

初めは馬車を荷台ごと他人に渡したが、日によってはそのままで通るときもある。

そして今日は納品のみだ。アレンとランツは品を商人に渡し、代わりの金を受け取った。

「何も全部を自分で売る必要なんてないんですよ。自分達で売った方がもちろん儲《もう》けは多くなりますが、その分あたし達の時間を売ってもいるんですからね。色んな方法があることを覚えてください」

「うん」

ただ、たくさんの選択肢がある理由はランツの顔の広さからだろう。

少なくとも、今はまだアレンには真似《まね》をすることはできない。

「どうします？　あたしはレイシーさんに渡す布を見に行きますよ。アレンくんをこないだ連れていった店と同じ場所ですし、今日は王都を見て回って来ますか？　勉強になることもあると思いますよ」

「じゃあ、そうしようかな……」

「それなら太陽が頭の真上に来た頃に、宿屋の前で待ち合わせましょう。そのとき昼食も済ませましょうや」

「わかった」

「迷子にならんように」

「ならねぇよ！」

と、返答しつつも実のところ不安もある。アレンはプリューム村で生まれ育ったからそもそも人の多さに慣れていない。

ランツの背中を見送って、アレンが最初にしたことは道を覚えることだ。

まずは周囲の道を確認して頭の中に叩《たた》き込む。不必要だと思うほどに、丹念にそれを繰り返す。

最近知ったことだが、こういった作業はアレンは案外苦手ではなかった。数字や人の顔など、見知らぬものでもするりと頭に入ってくる。プリューム村では全員が顔見知りだから気づかなかった。

同時に街の人々の様子を見る。やはりプリューム村より洗練された雰囲気で、着るもの一つとっても意識が違う。露店で客を呼び込む声や、店の看板。それを見る人の視線。全てがアレンの中での刺激となった。

（レイシー姉ちゃんに作った看板……作り直そうかな）

やっぱり見てくれも重要だろう。

未《いま》だに仕事が増えても顧客は増えないとぼやいていたレイシーの姿を思い出し、帰ってからすることを決め、そろそろ待ち合わせの時間だと考えたときだ。見覚えのある大柄な男が通った。男が腰に差した剣と、胸元にある紋章を見てぞっとした。ランツにこしょう入りのショールを巻かれて盛大にくしゃみを繰り返していたあの兵士である。

アレンは王都に来る際には深いフードつきのローブを着込むようにしていた。すれ違うことを祈って体を小さくしていたアレンを見て、男は「んん？」と苦い声を出した。

アレンは魔法使いでもなんでもないから、顔を変えることはできない。念には念を、としていたことが裏目に出て、思わず不審な動きをしてしまったのだ。

「……おい、お前。……おい!?」

声をかけられた瞬間、アレンは駆けた。

「待て！」

そう言われて待つわけがない。兵士は幾人かで巡回を行っていたらしく、声を掛け合い次々に仲間を呼び出す。胸の奥がぞっとする。

（……やばい、やばい！）

ランツが言っていた、一番怖い者達だ。アレンは滑るように街を走る。

「そいつを捕まえろ！　捕まえたやつには報奨を出す！」

アレンは犯罪者でもなんでもない。なのにいつの間にか市民すらも巻き込んでいた。誰もがぎょっとしたように通り過ぎるアレンを見送る。

レイシーが作る魔道具を中々手に入れることができず、あちらも手段を選ばなくなってきたと道中ランツがこぼしていたことを思い出した。

大きな商売を成功させるためにはさらに大きな庇護《ひご》がいる。プリューム村は小さな村で、貴族を相手にするにはまだまだ力が足りない。吹けば飛ばされてしまうようなものだ。だから捕まるわけにはいかない。

「あっちだ、南門付近に集まれ！」

「おい、どれだけ街にいるんだよ……!?」

兵士の号令で、ますます人が増えていく。

ちくしょう、と吐き出す息はひどく熱い。必死に走る手足が重くて、心臓だって燃えてしまいそうだ。

（でも）

――がんばれ！

これからランツの商売を手伝うと告げたときは、驚いたというよりもぽかんと口をあけていたくせに、今では何度だって応援してくる。こないだも聞いたし、なんで毎回そんなに力が入ってるんだとか、別に俺が勝手にしてるだけだから姉ちゃんには関係ないとか、アレンだって言いたいことはたくさんある。

けれど、毎回呑《の》み込んでいた。

力をもらって、次につながる何かを得ようとこっそり誓った。

「うりゃあ！」

がんばれの声が、胸の底に力強く響いている。

「ひゃあ！　なんだってんだ!?」

「ごめんなさい！」

道端に詰まれた荷物を飛び越えて、驚く人に謝った。

ぐん、と右に曲がる、それから左に。急な方向転換を繰り返してちょこまか人混みをすり抜ける。

逃げる弟達を追いかけるうちに、おいかけっこは自然と得意になっていった。足の速さは折り紙付きだ。それから頭の中の地図を確認する。こんなときのために、必死に道を頭に叩き込んでいたのだ。

「なんだあいつ、くそ、なんでこんな道……」

「逃げ慣れてやがる！」

「……残念ながら今日が初めてだっつの！」

そっちこそ自分の街くらい把握しとけ、と心の中で悪態をつく。

「回り込め！　ただのガキだ！」

そうはさせるか、と街の構造を思い描く。

（……道は平面じゃない）

レイシーが作った保冷温バッグと同じだ。ただの型紙から出来上がっていくように、ぱたぱたと形を作り上げる。

窓枠に足をかけて、勢いよく壁を上った。

屋根の上に飛び乗ると、あっと男達が声を上げる。

誰もアレンには追いつけなかった。平面の道も、立体の道も、全てアレンの頭の中にある。田舎から出てきたただの少年に、兵士達が束になったって追いつけない。

鼻から吸う息が妙に冷たくってすうすうする。

よかった、できた。言葉を返せた。

ぽろりと泣き出しそうなって、ぐっと唇を噛《か》んだとき、アレンの体に奇妙な衝撃があった。

何かを投げられて、ぽんと軽く当たったような感覚だったが見たところで何もない。

「あそこだ！」

「うわっ。はええよ、ちっくしょお！」

アレンは不審に思いながらも逃げることを優先した。ランツと合流し、すぐさま王都を去った。

馬を走らせながら着ていたローブを確認したが、やはり何もついてはいない。けれども不安に思って、ローブは道端に投げ捨てた。

「……ランツさん、ごめん」

考えてみれば、こしょう男に目をつけられたとしても、もっと堂々としていればよかったのだ。王都にはアレンと同じ服を着ている人間などいくらでもいる。下手な動きをするから怪しまれた。

「アレンくんを一人にしたあたしが悪い。よく逃げ切れましたと褒めたいくらいだ。ロミゴスだったかな、近頃きな臭い話を聞く貴族がいるんですよ。あたしらが商品を売った客から無理やり買い取るなんてことをするから、こっちだって大迷惑だ」

そろそろ王都での商売も潮時かもしれない、と呟《つぶや》くランツの言葉をアレンは眉をひそめて聞いた。

振り返ると小さくなっていく王都が見える。

なぜだろうか。初めて来たときは大きくて立派で素晴らしい街のように思えたのに、今ではそうは思わない。そんなことよりもとすぐさま前を向いた。

馬の蹄《ひづめ》が道を削り、進んでいく。

＊＊＊

レイシーはそわそわと村の入り口で行ったり来たりを繰り返している。

歩いて、戻って、やっぱり歩いて。

「……レイシーさん、そろそろだとは思いますけど遅れることもありますし、アレンが帰ってきたら屋敷まで行くように言っときますから」

「い、いえそんなカーゴさん！　別にものすごく気になっているというわけではなく、その、えっと、セドリックさんのお店に行くまでの間、お腹《なか》をもっとすかしておきたいなと思って動いているだけですから！」

一体なんだそれはとレイシーにだってわけがわからない言い訳である。

カーゴは笑みを押し殺したような顔をして、「そうですか」と返答した。レイシーは恥ずかしくて思わず帽子で顔を隠してしまう。

アレンのことが気になる。でも、アレンの気持ちを汲《く》み取ると決めたから、そのことを知られるわけにはいかない、とレイシーは考えていた。

今日はアレンがランツとともにプリューム村に帰ってくるはずだ。ティーとノーイもなんぞなんぞとくっついてやってきたが、同じ動きばかりを繰り返すレイシーに飽きてしまったのか、さっさと遊びに消えてしまった。

『キュイー』『ぶも』と呆《あき》れ半分な顔でこちらを見ていた二匹を思い出す。

（……たしかに屋敷の中で待ってたところで同じかもしれないけど）

どうせ帰ってきたら売り上げの報告として屋敷に寄ってくれるのだ。わざわざ村まで下りて来たところで、数時間の差なのだろう。

その場でぐるぐる回って、もしかするとの気配を感じて顔を上げて、やっぱり違うとがっくりするを繰り返しているレイシーに、カーゴはすっかり苦笑していた。

それを何度か繰り返した後、馬車の音に顔を上げた。今度こそ間違いない。アレンとランツ、御者台から下りた二人に、「おかえりなさい」と声をかけた。

「……レイシー姉ちゃん、またずっと待ってたの、心配しすぎじゃない？」

「う」

呆れ声なアレンに、そっとレイシーは口元をもごつかせた。

対して、ランツとカーゴの大人二人は互いに顔を見合わせ笑いを堪《こら》えている様子だ。

「あの、その、心配、してるというわけじゃないんだけど、なんていうか、その……」

アレン曰《いわ》く、金魚を飼っているらしい目をぐるぐると泳がせ、言うべき言葉を考えている。

もじもじと両手の人差し指をくっつけていたレイシーは、はたと顔を上げた。そしてアレンの背中をぽんと叩いた。

「な、何？」

「アレン、どこかで魔法使いに会った？」

「魔法使い？」

「ええ」

探索魔法が少年を絡め取っていることにレイシーは気づいたのだ。

（けれど随分、お粗末な魔術だけど）

軽くレイシーが叩いた程度で術式は簡単にひび割れ、こぼれ落ちた。パキパキと音を立てて砕け、ただの魔力の欠片《かけら》となって地面に染み込み消えていく。

これがレイシーだったなら、気づかれないように糸よりも細く術式を編み込むだろう。探索すべき相手に気づかれてしまってはなんの意味もないのだから。

「兵士になら会ったけど、魔法使い、には……どうだろう」

「そう……」

困惑するようなアレンの言葉も無理はない。そもそも、魔法使いというものは見てくれでわかるものではないからだ。プリューム村から出発したときにはなかった術式ということは、王都でかけられた魔術のはずだが。

(でもたまたま王都で出会った男の子に、探索魔法なんてかけるものかしら……?)

レイシーは自然と眉間のしわを深くしながら、ほんのわずかに残る魔力の残骸を見下ろした。

「……姉ちゃん?」

不安そうにアレンがレイシーを窺《うかが》った。そのときだ。いくつもの馬の足音が響いた。

プリューム村にはそう多くの人間は訪れない。だいたい商人などの決まった人間ばかりだ。だからこその奇妙さであり、その感覚はレイシーよりもカーゴやアレンの方が強く持ち得ていた。

カーゴはアレンに視線を向け、アレンはすぐさま意味を理解し村の中に消えていく。

「おい!」

馬に乗った男達の一人がアレンの背に叫んだが、丸々とした雪だるまのような男がのっそりと腕を伸ばし、叫んだ男を手で制した。

「いい、騒ぐな」

そのまま雪だるまのような男は馬を下りて、村をゆっくりと睥睨《へいげい》する。

「しけた村だな」

吐き捨てるような言葉に非難する感情よりも、困惑の気持ちが強い。

帽子を深くかぶったまま、レイシーは男を見た。横柄な態度と立派な服から察するに、太った男はおそらく貴族だ。ということは引き連れた男達は私的な兵士なのだろうか。統一された制服を着込んでいることから傭兵《ようへい》ではないだろう。

貴族や兵士達がじっくりと村を見物してひとしきり文句を言っている間に、アレンは大勢を引き連れて帰って来た。ババ様も村人の背中に抱えられている。貴族が兵士を引き連れてやってきたのだ。警戒するのも無理はない。

段々と集まる人々に対して、「これだから田舎者どもは」と貴族は唾を吐き捨てた。

村人の幾人かがむっと眉をひそめたが、ゆっくりとアレンの背から降りたババ様が、静かに彼らを代表して前に出た。あまりにも無防備だ。けれども貴族を相手にするのなら、平民はこうして卑屈に対応せざるを得ない。

レイシーは視線をそらさずに鞄《かばん》の中で小さくさせた杖《つえ》へとそっと指を伸ばした。いつ、何があってもいいように。

「わたくしは、プリューム村の顔役を務めておりましゅ。貴族のお方とお見受け致しますが、この村に何か御用があってのことでござりまひょうか」

たっぷりとした袖の間に手を入れて、ババ様はぺこりと頭を下げた。

「はんっ、御用ときたか。本来なら、ただの田舎者であるお前らと言葉を交わすことなどありえぬことだがな。いいだろう、貴様らの功績を認め、私の名を聞く栄誉を与えよう。私はマルラド・ロミゴス。王より伯爵の位を賜っている！」

伯爵、という言葉にざわつく村人に、ロミゴスはひどく上機嫌に口の端をつり上げた。気づけば村人の大半が集まっている。レイシーはそっと彼らに紛れた。アレンは不安げに顔を覗《のぞ》かせている。

「そう、功績だ！　この村がアステールの品の原産地であることを私はすでに把握している！　大人しくその権利を私に受け渡すがいい！」

「け、権利を渡す、ですって……？」

呆然《ぼうぜん》として声を出したのはランツだ。それを皮切りに村人達が言葉をざわつかせる。ババ様でさえも、しわだらけの顔を歪《ゆが》めて剣呑な表情をしている。

ロミゴスはその様子をひどく楽しげに仔細《しさい》まで観察している様子だった。ざわつきが大きくなると、「おっと」と口をすぼめて瞬《まばた》き、にやつきを抑えながらも説明を続けた。

「いいや、権利とまで言っては言葉が悪いな。何も私はそこまで鬼ではない」

村人達は安堵《あんど》の息をついた。レイシーが作る魔道具はすでにレイシーだけのものではない。村全体での事業として、羽根飾りの村と呼ばれた誇りを取り戻そうとしているのだ。

ロミゴスはすかさず告げた。

「アステールの品の管理を今後は私が行うというだけの話だ。あまりにも流通がずさんで見ていられんからな。これからは私が貴様らに庇護を与えよう。代わりといってはだが、これからは私が望むままの品を作り、献上してもらおう」

静かなざわめきが広がっていく。村人達はロミゴスの言葉に互いに目配せし、彼が伝える内容を呑み込んで理解しようとしている。何かがおかしい、けれども返すべき言葉が見つからない。

ささめくような声が混乱に変わる時間はそれほど必要なかった。誰も彼もがまるで事態を把握できていない。

しかし唯一レイシーのみが違った。ただ冷静に、ロミゴスという男を観察していた。先程のやり方は悪くない。先手として条件を叩きつけ、相手が動揺したところで若干緩和したようにみせかける。最初の条件と実質的には同じ内容であっても、これで心情的には受け入れやすくなるだろう。

（これは困ったわ……）

ロミゴスという貴族はレイシーが作る魔道具を求めてやってきたという。

自分自身が作るものにそこまでさせる価値があるかはともかく、村人達を巻き込むのは本意ではない。どうにか穏便にことを収束させる方法はないものかと考え込んでいる間に、ロミゴスの言葉のおかしさに気づいた者はレイシーだけではなかった。真っ先にロミゴスの前に踏み出したのはカーゴだった。

「ちょっと待ってくれ！」

普段は笑いじわが目立つ顔をぴしりと引き締め、ババ様をかばうように片手を広げる。

「それは、つまり実質的な奴隷契約じゃないのか？　なぜ俺達が作るものを見ず知らずの貴族に管理されなければならないんだ。庇護などプリューム村は必要としていない。申し訳ないが、お帰り願いたい！」

「ハッ、お前達に拒否権があるはずがないだろう！」

奴隷という言葉はあまりにも強いものだ。けれども実際はそれほど違ったものにはならないだろう、とレイシーは想像する。ロミゴスの顔色を窺いながら無茶な生産を求められ、庇護とは名ばかりに収益は吸い取られる。そして得られる賃金は雀《すずめ》の涙《なみだ》だ。レイシーは旅をしてきた中で様々な村を見てきた。決して珍しい話ではない。

けれどもそれを受け入れることができるかどうかというのは別の話だ。

ふざけるな、と誰かが叫んだ。そうだ、そんなの受け入れられるか、と波のように怒声が広がる。カーゴの背中を勢いづけるように、誰しもが叫んでいた。いけない。レイシーははっとして周囲を見回す。ロミゴスの後ろには、剣を持った男達が立っているのに。

「だ、だめ、落ち着いて……！」

「黙れッ!!」

レイシーは声を上げたが、さらなる大声でロミゴスが威圧した。大きな雪だるまは真っ赤な顔に変わっていて、頭からは湯気まで上っている。今すぐに溶けてしまいそうだ。ふうふうと息を荒らげ、そんな自分にはっとしたのか、ロミゴスは大きく深呼吸した。そして吹き出た汗はそのままに、冷静な声色を作って笑っている。

「この村、プリューム村だったかね？　いやはや、まさかこんな村がアステールの品の流通を担っているとは思いもよらなかった。探し出すにも時間も手間もかかってしまったが、見つけることができたのは、全てはそこにいるオレンジ頭のガキのおかげだ」

ロミゴスはアレンに短い指をさした。

自然と村人達はアレンに困惑の視線を向け、少しばかりの距離を置く。

「お、俺のおかげ……？」

アレンは幾度も瞳を瞬いて、眉根を寄せた。にまり、とロミゴスは笑っている。

「ガキを王都で見つけた際に、探索魔法をかけるように命じておいた。そこにいる狐顔《きつねがお》の商人は随分入念に品を売り歩いていたからな。それだけ必死に隠し通していたということは、探られて痛い腹があるんだろう？　このことを、私の口からフィラフト公爵へ報告してやろうか？」

フィラフトとはプリューム村近辺を治める貴族の名である。探られて痛いも何も、こうしてロミゴスのような人間が出てこないようにという配慮だったのだが、どうにもロミゴスは勘違いをしている。

——けれども、ここでさらに公爵の名を出されると話が込み入ってくる。プリューム村は統治先である公爵にきちんと税を納めているが、あくまでもそれは戸籍に応じた人間の数で税収を決めているだけだ。プリューム村が新たな収入源を得たとなると、また話は変わってくる可能性がある。

それこそ、ロミゴスのような主張をしかねない。

公爵とも若干の面識があるレイシーは彼がそういった人物ではないということを知っているが、プリューム村の住人からすれば、ロミゴスよりもさらに雲の上のような存在だ。ぐっと眉をひそめて苦い顔をする大人達を、子ども達は不思議そうに見上げている。

ロミゴスは村人達の様子を満足げに見回していた。自分の主張が通るものだと、間違いなく確信していた。

その中で、アレンはいつもの明るい表情などどこにもなく、ただ、がたがたと震えていた。おかしいくらいに小刻みに揺れる自身の腕を押さえ込もうと左腕を右手で握りしめるのに、それでも震えが止まらない。

「俺のせいだ……全部、俺の……」

ロミゴスの言葉はアレンを深く傷つけた。自分のせいで彼らが来てしまったのだと、まだ幼さが抜けない顔を蒼白《そうはく》にさせている。

レイシーは静かに瞳を細めた。そして少年にゆっくりと近づいた。

「いい加減面倒だな。おいお前ら、一人二人いなくなったところで問題ないだろう。適当に遊んでやれ。そこのババアで構わん」

ロミゴスは背後に従えていた男達に声をかける。重たい剣が音を鳴らし鞘《さや》からいくつも引き抜かれた。カーゴはすぐさま両腕を開きババ様を背中にかばった。同時に悲鳴が響いたが、男達に睨みをきかされ、村人達は必死に自分達の口を押さえ込んだ。

それでも声を上げたのはアレンだ。

「やめろよ！　ババ様にも、父ちゃんにも手を出すな！」

ふうふうと息をして、ぼろりと涙もこぼしていた。自分のせいだと喉の奥から振り絞るような声だ。それでも村人達をかき分けて進もうとする。

——あまりにも、腹立たしかった。

「アレン、待って」

「れ、レイシー姉ちゃん……」

レイシーは知っている。彼がどんな気持ちを持って王都に出て、まだ幼さの残る瞳で前を見て進んでいこうとしたのか。

だからアレンを引き止めた。彼の腕を引っ張って、じっと見つめた。振り返って、ぐずぐずの顔をこちらに見せる少年を目にして、さらに怒りが増した。

「ひ、え、ね、姉ちゃん……？」

ヘーゼル色の瞳はいつもとまったく変わらないはずだ。なのにどこか気弱で、いつも曖昧に笑うような少女はどこにもいない。普段の彼女を知っている者はその姿にぞっとした。

アレンもそうだった。純粋に腹の底から恐怖を覚えた。呆然としてレイシーを見て、はくはくと声にならない何かを振り絞ろうとした。

「アレン、あなたは何も悪くない」

「え……」

だから何を言われているのかわからなかった。

するりとレイシーはアレンを通り過ぎた。そして静かに声を上げた。

いつの間にか片手には大きな杖を握っている。村人達の隙間を通り抜け、兵士達の前にしっかりと顔を上げ向かい立つ。

「あなた達、いい加減にしてください」

決して張り上げた声ではなかった。けれども不思議なことに、その声はこの場にいる誰しもの耳にはっきりと聞こえた。

＊＊＊

マルラド・ロミゴスの人生は何もかもが順風満帆であったはずだった。

上の者には尻尾を振り、下の立場の人間は踏み潰し利用する意地汚い男だったが、ロミゴスからすれば、ただ当たり前の処世術であると認識し、貴族社会を生きてきた。

ロミゴス自身に人が集まらずとも、上の人脈を得ることができれば同じことだ。それがわからない者達はなんと馬鹿なのだろうと笑っていた。

だがそんな日々はあっけなく崩れ去った。

ロミゴスはデジャファン家という名の公爵家の取り巻きの一人であったのだが、デジャファン家の長男であるラモンド・デジャファンが恐るべき不義を犯したのだ。

噂ではラモンドは女好きが高じて、婚約者がいる身にもかかわらず王女にまで手を出してしまったのだという。それが事実かどうかはさておき、噂は囁かれればいずれ事実と変わってしまう。王の怒りを買ったラモンドは廃嫡の憂き目に遭うという、なんとも愚かな話であった。

しかし愚かだったという話では終わらないのが貴族社会の恐ろしいところだ。

デジャファン家の転落は、いっそ見事なものだった。そしてロミゴスはデジャファン家の取り巻きとして、いつでもべったりとしがみついていた。金魚のフンと笑われようとも、それが正しいことだと思っていた。

さらに運が悪いことに、ロミゴス家はデジャファン家の分家でもあった。丁度いいと選んだ寄生先だったが、しっかりとしがみつけばつくほど、落ちていくときはあっという間だ。

だからこそアステールの魔道具の噂を聞き奔走した。やっと尻尾を摑んだとロミゴス自身がわざわざ村に訪れるほどに焦っていたのだ。何を言われたところで剣を持って脅してやればいい。そうすればただの平民である世間知らずな田舎者達が口答えをするわけがない——と、思っていた。いや、間違いなくそうだった。その、はずなのに。

「あなた達、いい加減にしなさい」

大声を出したわけではない。なのにひどく凛《りん》として耳に残る。

目の前の少女は大きな帽子をかぶっていて、地味な服装だ。奇妙といえば不釣り合いな時代遅れの杖を握りしめているというくらいだが、ロミゴスは彼女から目を離すことができなかった。

「生意気なガキだな、引っ込んでいろ！」

ロミゴスの前に立つ少女に向かってすぐさま叫び剣を向けたのは、こしょう男である。ロミゴスは知らぬことだが、ランツにこしょうつきのショールを巻きつけられた兵士だ。

こしょう男も、剣をちらつかせれば相手はただの女子供、すぐさま恐れて逃げ出すに違いないと思ったのだろう。そのとき、ぞっとした。ロミゴスは体の底から震え上がった。大きな帽子に隠された向こうにある、ヘーゼルの瞳がちらりと見えた。

「やめろ……！　そいつには手を出すな！」

考えるよりも先に声を張り上げていた。こしょう男はわけもわからずぴたりと剣を止めたが、少女は怯《おび》えている様子の一つも見せない。

やはり、と確信した。

「そいつは、暁の魔女だ……！」

その場の視線の全てが、ざっとレイシーに集まった。

勇者パーティーの一人である、暁の魔女レイシー。世間では赤毛の大柄の美女と思われているが、実際は異なることをロミゴスは知っている。ラモンド・デジャファンは暁の魔女の婚約者だった。

ロミゴスが彼女の顔を知ったのはただの偶然だ。いつものようにデジャファン家を訪れた際、嫡男であるラモンドの婚約者が訪れていると聞きすれ違っただけだが、そのときのレイシーは、まだ魔王を倒すために旅立つ前で、おどおどとした黒髪の、痩せぎすな冴《さ》えない子どもだとロミゴスの記憶に刻み込まれた。

あれから数年が経《た》ち背も伸び、今となっては痩せぎすとまではいえないが、少女の顔にはたしかに面影を残している。

見事なほどの黒髪が風の中でうねるようになびいている。力強い瞳は何かをロミゴスの中で彷彿《ほうふつ》とさせた。

――自身が求めるものが、他人と同じであると思わない方がいい。

（ウェイン・シェルアニク……！）

あのとき、夜会の場でロミゴスに生意気にも諫言《かんげん》を向けた若造だ。女好きがするであろう見てくれで、すらりとした鼻梁《びりょう》はいっそ腹立たしいほどだった。

そんな気持ちすらも抑え込んで頭を下げてやったというのに、青年はロミゴスを歯牙にもかけなかった。背を向けて去っていく青年をロミゴスは追いかけるべきだったのに、顔ばかりが整った細い男一人の言葉と瞳に、足は縫い付けられたかのように動くことができなくなった。ぞっとするような迫力があった。

それと今ロミゴスの目の前にいる女は、まったく同じだ。姿ばかりはどこにでもいる少女であるはずなのに、まったく足が動かない。敵《かな》うはずがないとはっきりと理解した。

しかしそのことを認めようとはしないものはいくらでもいる。こしょう男もそうだった。

「馬鹿な！　こんな小娘が、暁の魔女、勇者パーティーの一人などとそんなわけが……！」

「や、やめろと言っているだろう！」

こしょう男はロミゴスの静止をものともせず、レイシーの首元をぐいと引っ張り、その細い体を軽々と持ち上げた。

＊＊＊

「はっ。やはりただの小娘だ。ロミゴス様も弱気なことを……」

男はレイシーがつま先立ちするほどに服の襟元を持ち上げ、引きつり笑いを繰り返していた。

ふう、とレイシーはため息に似た吐息を口から漏らす。

「ん?……ひ、あ、わあああ!」

そしておよそ人には聞き取れぬほどの幾重にも重ねられた呪文を一瞬にして吐き出すレイシーに、男が訝《いぶか》しげに眉を動かしたとき、レイシーをつり上げていた片手が赤々と燃え上がった。

種火もなく、自然発火とは程遠い唐突な燃焼に、男はあっけなくレイシーを手放した。激しく燃えていた腕もすぐにじわじわと鎮火したが、燃えるはずのない鉄の手甲には焦げ付いた跡が残っている。「ひっ……」と、声にもならない声を出して、へたり込む男をレイシーは冷たく見下ろした。

が、この程度で終わるわけがない。

両の足で静かに立ちながら、とん、とレイシーは優しく杖を地面に突き立てる。

瞬間、地面が、ひび割れた。

レイシーを起点にびしりと放線状に亀裂が広がり、ひとたび止まったかと思えば、一瞬ののち、爆発的に土が、岩が弾《はじ》け、割れ目からは極熱の炎が噴き出す。自身の周囲をごうごうと炎を燃え盛らせ、火の粉を散らしながらもレイシーは涼やかな顔のまま服の裾をはためかせた。

兵士達に動揺のざわめきが伝播《でんぱ》していく。

「この村から、出ていきなさい」

これは警告である。

兵士――そして、ロミゴスと名乗る伯爵貴族へと、杖をぴたりと向けた。

逃げるのなら、それでよし。そうレイシーは判断したが、「行け! お前達、魔法使いは詠唱途中ならば無防備だ、行けぇ！」とあぶくを飛ばしながらのロミゴスの指示に、兵士達は困惑しつつも炎に驚き暴れる馬を押さえながら指示に従おうとしている。仕方ない、と呆れ混じりの呟きは、誰に聞かせたいものではない。

「だから、もう詠唱は終わっています」

そもそもレイシーが使用する魔術の大半に詠唱など必要ない。

レイシーの杖が、炎の全てを巻き取った。渦巻くような熱が膨らみ、竜のようにとぐろを巻く。一つ息を吐き出したとき爆風がレイシーの帽子を吹き飛ばし、炎の竜はあぎとを広げ兵士と貴族を、その悲鳴とともに呑み込んだ。と同時に、ふっと風のように四散する。

「これが最後の警告です。この村から、出ていきなさい」

全てはただの幻だ。しかし、次はない。守るためならば、レイシーは捨てるものを間違えはしない。

痛みは伴わずとも、恐怖は刻み込まれたはずだ。どさりと、兵士達の何人かが馬から滑り落ち、ただ呆然としてレイシーを見つめている。

しんと静寂が波打った。

「……ひぃっ」

そして出てきたやっとの音は、恐怖で喉をひくつかせる音だ。

「う、あ、わ、ひっ……化け物……！」

ただ唯一、レイシーの足元で炎の竜から難を逃れ、へたり込んでいた男の悲鳴である。

聞き慣れたし、言われ慣れた言葉である。男は大声を出してがたがたと震えながら、地面に尻をすりながらさらにずるずると後ずさっていく。

「う、うわあ！」

覚悟を決めてこちらに向かってくるのかと思いきや、男を皮切りに兵士達はあっという間に背中を向けて馬に飛び乗り消えていく。

その様子をしばらくあっけにとられて見ていたらしいロミゴスだったが、「ま、待て、私を置いていくな、待てぇ！」と転がるように追いかけて走っていった。

「……なんだったの」

なんともあっけない人達だった。あれなら下っ端の魔族の方がずっと相手のしがいがある。

「あっ。そうだ、ちゃんと元通りにしなきゃ」

兵士達を呑み込んだ炎は幻影だが、それ以外は本物だ。ひび割れた地面をあっという間に修復し、万一がないようにと村人達にかけていた結界を解除する。

「すみません、驚かせてしまって」と、へたりと笑って声をかけたとき、周囲の様子に気がついた。

誰しもがしんとした瞳で、レイシーを見ていた。レイシーがかばった、アレンすらも。

――そいつは、暁の魔女だ……！

ロミゴスの言葉に、レイシーは否定をしなかった。それは肯定していることと同じことだ。

「あ……」

（もしかしたら、違うと言えば、まだ、間に合うかもしれない）

彼らの視線を感じながら、レイシーは表情を引きつらせ、焦るように唇を噛み考えた。

初めにこの村に来たときは、誰に何を言われたって恐ろしくもなんともなかった。噂に聞く暁の魔女だと知られたところで、怖がられたり、遠巻きに見られたりしたところでレイシーにとってはなんの関係もないことだと思っていたのだ。だから、多分どうでもよかった。

けれど、その自分の考えはひどく幼いものだったと気がついた。近づくと、知られることが恐ろしくなる。離れられてしまうことが怖くて、あっちに行かないでと叫びたくなる。結局、自分の気持ちを一方的に押し付けるだけの小さな子どもと同じなのだ。だから否定しようとした。

自分は暁の魔女なんかではなく、ただ勝手にあちらが勘違いしただけなのだと。

「ち……」

違う。言える。そう、大丈夫だ。自分は、ちょっと魔術が使えるくらいのただの魔法使いだと思い込んだ。だから違う。

違うから。

怖がらないで。

「ごめん、なさい……」

違う、と言うはずだったのに、呆然として呟いていた。

まるで勝手にこぼれ出てしまったのだと、ぼんやりとした顔のまま謝罪した。途端に、レイシーはくしゃりと顔を歪め、杖を握りしめた。そして。

「ごめんなさい……！」

やっぱり謝っていた。

ただただ、申し訳なかった。プリューム村の人々は、レイシーに優しくしてくれた。なのに嘘をついて自分はごまかしている。言わないということは、結局はそういうことだ。

誰も、何も言わなかった。

返答の声もない中、ただ頭を下げ続けた。どれくらいの時間が経ったのかわからない。レイシーにとっては長い長い時間だった。でも本当は大して長い時間ではなかった。

レイシーが魔術を使用した際に吹き飛び、落ちた帽子へとゆっくり手を伸ばしたのはアレンだった。

「……なんで謝るんだよ」

と、なんてこともないように呟いている。いや、そういうふうに少年は必死に見せていた。喉が震えたような声を、アレンはごくんと呑み込んで、今度こそと顔を上げる。

「レイシー姉ちゃん、俺達、姉ちゃんが暁の魔女様だってことくらい、とっくの昔に知ってたよ」

「え……」

「そりゃ気づくだろ。だって、ダナ様のご友人で、名前がレイシーだぜ？　わかるなって方が無理に決まってる。でも姉ちゃんからは言わないから、何か理由があるかもしれないから、黙ってようと思ったんだ」

アレンから渡された帽子を、ぽすんとレイシーは受け取った。

「レイシー姉ちゃんはもう村の一員だからって。村のみんな全員で相談して、聞かないことに決めたんだ」

ぱちくりとレイシーは瞬いた。

そんなレイシーを、まるでおかしいものを見たとでもいうようにアレンは吹き出した。それからいっぱいの笑顔をレイシーに向けて、アレンは笑っていた。

「さっき姉ちゃんが怒ってるのを初めて見て、少しだけ怖いと思った。でも、それが俺や、俺達のために怒ってくれたんだって思ったら、それ以上に嬉しかったんだ」

村人達はアレンと同じように力強く頷いた。

「あ……」

胸の中でぎゅっと帽子を抱きしめた。

「う、あ」

喉から嗚咽《おえつ》のような声が響く。

「う、うう、う……」

大粒の涙がぽとんぽとんと落ちていく。抱きしめた帽子をくしゃくしゃにさせて、それよりもっと、レイシーの顔はぐちゃぐちゃだった。レイシーの小さな背中を呆れたようにトリシャがなでて、その周囲を双子達がくるくると回っている。

言葉になんてならなかった。鼻をすすっていつの間にかうずくまってしまったレイシーの頭の上では、「そりゃあ、わかるに決まってるよな」「隠し方が下手だよなあ」「そら、あたしは大丈夫って言ったでしょ」「レイシーしゃんは泣き虫ねぇ」

たくさんの声が聞こえる。

あんまりにも温かかったから、ほっとして涙がいつまで経っても止まらない。

「それより、さっきの貴族の逃げっぷりったら！　丸くなった尻尾が見えたな！」と誰かが叫ぶと、周囲はどっと吹き出した。それを皮切りに誰もが明るい声を出して、笑い合った。

「さすが暁の魔女様だ！　魔王を倒しただけある！　あんな貴族目じゃねえなあ！」

「あんたもレイシーさんに尻を叩いてもらったら？　ちょっとは性根が真《ま》っ直《す》ぐになるかもよ」

「勘弁してくれよ！」

こんな日が来るなんて、一体誰が信じるだろう。魔術を磨くことのみが、レイシーにとっての生きる道だったはずだ。

けれど大勢の中に彼女はいる。

何度考えたところで、夢じゃないかと思ってしまう。涙を拭って、立ち上がった。レイシーも村人達と笑おうとしたが、なんだか泣き笑いのような顔をしてしまう。

「……ん、そういや、あのレイシーさんのところに来る茶髪の青年、彼はレイシーさんのことを知っているのかな」

ふとしたように疑問が浮かんだのだろう。カーゴが呟きながら首を傾《かし》げていた。

その声を聞いて、「茶髪じゃないだろ、黒髪だろ」と別の村人が反応する。

いやいや、と「兄ちゃんは金髪だろ」とアレンが首を振っていた。

どこかで聞いた流れである。それらは全てウェインのことで、まるでウェインが何人もいるよう

だが、もちろん違う。

言葉を交わすうちに、村人達は全員がウェインの顔をはっきりと認識していないという事実に改めて気がついた。そのことについて説明していいものかどうかわからなくてレイシーは口を閉じたが、少しずつ彼らは事実に近づきつつあった。

「……レイシー姉ちゃんは、暁の魔女……ということは、もしかして兄ちゃんって――」

ほぼほぼ、答えは出てしまっている。

レイシーが暁の魔女であると知ったとき以上に、ぎょっとした顔をして、声を重ね合わせた村人達に、一体どう言えばいいものか。レイシーは、今度こそ困ってしまったわけなのだが。

＊＊＊

「くそっ、あの、あの、小娘め……！」

――その頃ロミゴスは短い足で必死にあぶみに足をかけながら、手綱を引いていた。

大きさの割にはみっちりと肉が詰まったロミゴスだが、日が落ちつつある薄暗い森の中を馬は見事に駆け抜け、兵士達もそれに続いている。

暁の魔女、レイシー。

時代錯誤な杖を抱えている点を除けば、一見すればどこにでもいるただの少女だった。なのにロミゴスはレイシーを前にして、びっしょりとかいた冷や汗が今も止まらない。ロミゴスは上の者に媚《こ》びへつらう能力だけは誰よりも優れている。だから逆らってはいけない者を嗅ぎ分ける能力は人よりも恐ろしく高い。

（何が、この国一番の魔法使いだ……！）

けれども、理解はしても彼の中のプライドが認めなかった。女で、その上、貴族ではなく平民の子ども。もとは孤児とも聞いている。彼が馬鹿にし続けてきたものの典型だ。馬で走れば走るほどにロミゴスの記憶は都合よくすり替わり、プリューム村から尻尾を巻いて逃げたのではなく、全ては準備を整えるために駆けているだけなのだと自分自身を納得させた。

「ええい、もっと速く走ることはできんのか！　のろまな馬だ！」

「ろ、ロミゴス様、一体どうなさるおつもりで……」

「馬鹿者が！　決まっているだろうが！　暁の魔女など大層な名をもらっているがあんなものはただの小娘だ。今すぐ屋敷に戻って全ての兵力をプリューム村に向かわせる！」

「そ、そんな！」

兵士の悲鳴にも気づかず、ロミゴスは地を這《は》うような声を出した。

「力ずくでも従わせて、私に反抗したことを骨の髄まで後悔させてやる……！」

荒い息を吐き出し、怒りに震えながらも邪魔な木々をも越えて突き進む。

そのときだ。いつの間にかロミゴスが進むべき場所に、地味な男が立っていた。旅人だろうか。

「邪魔だ！」

轢《ひ》き殺してやろうと考えたはずが、馬はのけぞり抵抗した。まるで先に進むことを嫌がるように前足を持ち上げ体をくねり、まったくもって役に立たない。奇妙なことにロミゴスが引き連れていた兵士達、全ての馬が急なことにもかかわらず立ち止まっていた。

「な、なんだ、くそ、進め！」

馬にまで馬鹿にされているのかと、ロミゴスの瞳は憎々しげに歪む。

旅人はその様子をじっくりと見つめていた。不思議なほどに外見に特徴のないその旅人に、ロミゴスは馬を諌《いさ》めることに必死になりながらも苛立《いらだ》たしく叫んだ。

「どけ！　殺されたいのか！」

「……それは随分な挨拶だな」

ロミゴスの様子とは打って変わって旅人はひどく冷静に返答する。いっそ違和感を覚えるほどだ。まるでロミゴスを知っている口ぶりだが、まったくもって男の姿に覚えがない。いくら特徴がないといっても、ロミゴスは人を覚えることに長《た》けている。だからこそ一度しか会っていないレイシーの顔を覚えていたのだ。

なんだこの男は、と苛立たしさばかりが積もり、歯ぎしりを繰り返したのだが。

「ああ、魔術を解除していなかったか」

男が自身の顔にするりと手のひらを添えた瞬間、ロミゴスと兵士達は瞳を見開いた。先程とは別の意味で体が小刻みに震えている。一瞬にして男の姿が変わったのだ。いや、正確には正しく認識できるようになった。

男の姿は、ロミゴスにとってひどく見覚えのあるものだった。

「ウェ、ウェイン・シェルアニク……!?」

啞然《あぜん》として声を上げた後に、ロミゴスは慌てて付け足した。

「い、いやその、いや、勇者様……!?」

今更呼び方を変えたところで、ウェインの表情は変わらない。それはひどく冷たい顔つきで、ロミゴスの心に恐怖の感情ばかりが膨れ上がる。

ウェインはゆっくりとロミゴスと、そして後ろに仕える兵士達に告げた。

「自身が求めるものが、他人と同じであると考えることは、いつか自分自身の首を絞めることになると伝えたはずだが。ロミゴス伯爵。あの村にも、レイシーにも今後一切の手を出すな」

「な、な、な、うわあ！」

驚きのあまり、ロミゴスは馬から転がり落ちた。尻から落ちたことと、分厚い脂肪に阻まれて怪《け》我《が》がないことは幸いだったが、そんなことよりもと必死に頭の中で考える。あれは隠蔽《いんぺい》魔法だ。見た者が一番地味に思う姿に認識を歪める魔術である。

ただの旅人のような服装は変わらないのに、ウェインには勇者然とした佇《たたず》まいがあった。そこにいるだけで重苦しい存在感がロミゴス達にのしかかる。

馬はただ進むことを嫌がっているのではなく、ウェインに怯えているのだ。それはロミゴスが引き連れた兵士達も、ロミゴスも同じだった。

立ち上がり手綱を握ろうとしていたはずが馬はロミゴスを放って逃げてしまう。

また尻をつき服をどろだらけにしてぽかんと口を開いていたロミゴスは、次第に顔を真っ赤にさせ、立場も状況も考えることなく怒声を放つ。

「き、貴様に一体なんの権利があると言うんだ！　いくら貴様が勇者で、あのレイシーという女が過去では仲間だったとしても、私に口を出す権利はない！　私はあの村を使って、社交界に返り咲いてやる、全ての貴族が、あのアステールの品を独占したいと願っているのだ！」

「……全ての貴族か」

ウェインの瞳は、まるで理解ができないこちらを馬鹿にしているような、いや、憐《あわ》れんでいるようにも見える。

あまりの怒りに汗が噴き出し、かんかんになってさらに叫んでやろうと立ち上がろうとしたときである。懐から取り出した一通の書簡を、ウェインはロミゴスの眼前に叩きつけるように投げ捨てた。

「フィラフト公爵からお前への、ありがたいお手紙だ。しっかり確認しておけ。プリューム村は今後公爵の保護下となる。アステールの品もすでに公爵はご存知とのことだ。お前達が出る幕はない」

手紙に押された蠟印《ろういん》は、間違いなく公爵家のものだ。

「い、一体、どういう」

「お前のように、平民の全てを自身のものと勘違いしている貴族以外も存在するということだ」

書簡を確認し、ウェインの言が間違いないものであることを理解した。認めることはできない。しかし、認めねばならない。悔しさのままに地面に打ち付けた拳が痛む。

（いいや諦めてなるものか。この書簡によると、公爵の保護下となるのはあくまでもプリューム村だ。暁の魔女ではない。あの小娘がしけた田舎に住み着いているというこの情報は、相手を選べば高く売り込むことができる……！）

「これは念《ねん》の為《ため》だが」

ウェインには見つからぬようににやりと口元を緩ませていたところ、静かに言葉を付け足された。

「この書簡にはプリューム村のことしか記載されていないが、公爵は暁の魔女がプリューム村にいることを存じていらっしゃる。その意味を理解しているな。この先、暁の魔女の噂が王都を賑《にぎ》わせることになるのなら、自身の身を危うくすることと理解した方がいい」

何もかも見透かされているとロミゴスは震えた。けれども、さらなる恐ろしさがやってくるのはすぐのことだ。

ロミゴスが座り込みながら見上げたウェインの表情は、先程とまったく違う。

「レイシーは、俺の大切な仲間だ。俺個人としても、彼女について今後一切の口外を行わないことをおすすめする。彼女に万一があったとき、どんな手を使ってでもお前に後悔させてやるよ」

そのあまりの冷たい声に、がちがちと歯の根が噛み合わない。

「失《う》せろ」

勇者の言葉に、ロミゴスとその兵士はただの子ねずみのように消えていった。

その場に残ったのは、ウェイン一人だ。青年はすっかり固くなった体をほぐすように首を鳴らして、ゆっくりと長いため息をついた。

＊＊＊

あれからレイシーと村の人達との関わりは、また少し変化した。

いや、彼らは何も変わっていなくて、受け入れるレイシー本人が変わったのかもしれない。

ロミゴスが逃げ去った後にプリューム村にやってきたウェインは、「勇者様」と村人達から呼ばれることに戸惑いつつも、苦笑して受け入れていた。

その一方でロミゴスのことが気になった。力ずくで追い返したものの、それが通じる人間は逆にさらなる武力をもって脅し返してくる可能性もある。一日経ち、二日経ち、さらには護衛役としてレイシーはアレン達について王都に向かってもみたが何もなく平和なもので、気持ちが悪いほどにあっさりとして、拍子抜けだった。

だが不安は降り積もり、魔術で村の守りを固めるレイシーに、「問題ないと思うけれど、念には念を入れるのは必要だな」と不思議な言葉を残して帰ってしまったウェインのことが、妙に記憶に残っていた。

何かあったときには、今度こそ完膚なきまでに叩きのめすと気合を入れ続けて早一ヶ月。いつしかレイシーやプリューム村の人々の緊張もときほぐれ穏やかな日常が戻ってきたのだが、これでいいのだろうかと心の底では未だに少し困惑している。

けれど平和な日々が嫌なわけでもなく、すっかり冬の訪れを感じる空を見上げて長く息を吐き出すと、真っ白な雲がするすると流れていた。空の色に、季節を感じた。

しかし相変わらずレイシーの屋敷の畑は春夏秋冬の作物が生い茂り、季節なんてあってないようなものである。畑の主のような顔をして野生の動物や魔物から作物を守っているティーとノーイ達は、年がら年中大変そうだ。

（ちょっと、指先が冷たいな）

今度は手袋を作ってみようかなと白い息を吐きながらじょうろを持ってぼんやりしていると、レイシーの腰のバッグから、ちりりんと鈴の音が鳴った。屋敷の扉と連動していて来客を伝える魔道具の音だ。

さて誰だろう、アレンだろうけれど、そろそろウェインがやってきてもいい頃合いだ。この二人のどちらかだろうなと思って出迎えたのだが、お客様は想像よりもちょこんとして可愛《かわい》らしい女の子だった。

「こんにちは。私、今すっごく困っていて、何でも屋さんにお願いに来たの。ねえ、私のお願い、聞いてくれる？」

こてんと首を傾げた少女を見下ろし、「え、あ、あのっ」と口ごもってしまったレイシーは、想定外の事態に自分はやっぱり弱いのだなと改めて感じたのだけれど、それはさておき。

女の子はプリューム村の住人だった。ポップコーン大会でヨーマが必死に彼女にポップコーンを渡そうとして、すげなく断られている姿を目にしていた。少女はくるくるした髪の毛を二つでくくっていて、どんぐりの髪飾りをつけているけれど手作りだろうか。ヨーマ達とそれほど変わらない年頃に見えるから、六つか七つくらいだろう。

屋敷に案内された少女は椅子にちょこんとお上品に腰掛けている。

「こんにちは、エリーです。テオバルドの娘です」

「あの、ご丁寧に……。レイシーです」

互いに存在は認識してはいたものの、きちんとした挨拶はしたことがない。テオバルド、という村人の名前に覚えがあった。村で唯一の鍛冶屋を営んでいるはずだ。

幼い少女が相手といっても何でも屋の客である。緊張すればいいのか、そうじゃないのか。なんだかとても困ってきた。いや、やっぱり大事なお客様だ。

「あ、あの、エリーさん、困っていることとって」

「ちゃんとエリーちゃんって呼んで」

「え、エリーちゃん……」

とりあえず怒られた。

ついこの間、アレンは何でも屋の看板をさらに立派なものに作り直してくれた。『王都の看板はやっぱりすげえよな、見てたら姉ちゃんの看板をちゃんとしたのにしなきゃと思ったんだ』と歯を見せて笑っていたアレンの最新作は、中々のものだった。もともとの看板も立派だとレイシーは思っていたけど、新しい看板はただ文字を彫るだけではなく可愛らしい字体に変わっており、さらに周囲には縁飾りが描かれていた。

その看板に恥じないように、そして新規顧客の獲得だとレイシーは必死に拳を握る。

「あ、あの、エリーちゃん。とっても困っていることがあるって、さっき言っていたけど、どんなことなの？」

「そう私、すっごく困ってるの」

しょぼんとして、少女はまるでツインテールまでたれてしまいそうな様子だ。これはきっと大変な依頼だろう。けれど絶対に成し遂げてみせるとレイシーは誓う。

「それって、一体どんな？」とテーブルに身を乗り出す勢いでエリーに尋ねた。するとレイシーの力強い表情にほっとするように、エリーは口元を笑わせた。

「ここって何でも屋なのよね、つまり、なんでもお願いしてもいいのよね？」

もちろんですとも、とはっきりと頷く。

これまで少しずつではあるが様々な依頼をこなしてきた。だからレイシーにはわずかばかりの自信というものがついていたのだ。そんなレイシーの様子を見てほっとしたようにエリーは依頼の内容を告げた。

「じゃあ、恋愛相談だって大丈夫なのよね!?」

そして、早々に詰んだ。

エリーが求めるものは、恋愛相談だった。

さすがになんていうかそれはちょっとどうかというかとごにょごにょもごもごするレイシーに、

「一体なんなの、なんでいきなりしぼんじゃったの、暁の魔女なんじゃないの!?」とエリーは叫んだが、相談されたところでまともに返答できるかも怪しい分際である。

「どうしたの!? 今度はすっぱいものを食べた後みたいな顔になってるんだけど!」

嫌な汗しかこぼれないし、すでにこの依頼はレイシーの範疇外《はんちゅうがい》のように思えた。

震え声で「あのでも、そのでも」とぽそぽそと返答していたレイシーだったが、わざわざ依頼をしにやってきてくれたのだ。できませんと追い返したいわけがない。

(で、でも、本当に、どうしよう、どうしよう……)

力になれるかどうか、とすでに及び腰だったレイシーだが、はた、と心の中で声が聞こえた。

――こんなにすっきりしたのは足湯のおかげであることは間違いないけれど、きっと、あなたとたくさん話ができたということもあるんだと思うの。

それは、ダナが伝えてくれた言葉だ。

「あ、あの、まずは、お、お話を聞くだけでもいいのなら!」

もし、今杖を持っていたのなら多分両手で握りしめていた。力いっぱい伝えた後で真っ赤になってしまったレイシーだったが、エリーはきょとんとしてぱちぱちと瞬きを繰り返し、すぐにきゅっと眉を寄せる。表情豊かな女の子だ。

「もう、当たり前じゃない! 同じ女同士、膝を突き合わせる勢いで聞いてちょうだいね!」

そうして「さあ行くわよ今すぐ行くわよ!」とずるずる引きずられるままに屋敷をあとにした。

気合を使い切ってされるがままとなったレイシーを、今日はなんだか賑やかですねとティーとノーイはきゅいきゅいぶもぶもと見送っていた。

「あのねレイシー。私、今片想《かたおも》いをしてるんだけど……」

「か、片想い……」

道すがらエリーはちょこちょこと話してくれたが、もはや異国の言語を聞いているのと同じ気分だ。顎に手を添えレイシーは頭の中にある単語をぐるぐると検索する。

大丈夫、わかってる。ただあまりにも縁がなさすぎて、ぱっとは思いつくことができなかった。

エリーと手をつないでいると、村の人達から微笑ましいとたくさんの声をかけられたのだが、幼子につながれ導かれているだけであるとは到底いえない暁の魔女である。

一体どこに行くんだろうと不思議に思っていると、途中、アレンの双子の弟達に出会った。

エリーと顔を合わせるとヨーマはぼふんと顔を赤くして、「ええええエリー、いい天気だね！」とばたばた手を振っている。リーヴはそれがいつものこととばかりに見ているが、なるほどわかった。これはさすがのレイシーでも理解できる。

（つ、つまりエリーちゃんは、ヨーマとの恋を応援してほしい……？　いや待って、もしかするとリーヴの可能性も……！）

そうだったらどうしよう、とどっちを応援すればいいんだろう、とおろおろするしかない。

しかしエリーは、「今日は曇りよ」とすげない返事とともにヨーマを素通りする。

「今日は最高の曇り日なんだァ！」と背後で叫んでいるヨーマは負けてはいないが、中々切ない光景である。

どこまで行くのだろうか。気づけば双子達も後ろについて、レイシー達はずんずんと進んでいく。

しかしなんだか覚えのある道のりだ。もちろんプリューム村でわからない道はすでにない。だからこれはわかる、わからないの話ではなく、あまりにも覚えがありすぎるというかなんというか。

たどり着いたサザンカ亭では、真っ赤な山茶花《さざんか》が咲き誇っていた。

(……いやそんな、まさか)

「あれ、昼飯でも食うの？」と平和に問いかける双子の問いを、エリーはつんと無視した。

そのとき丁度、店の中からセドリックが顔を出した。縁の細い眼鏡をかけ、なでつけた白髪交じりの髪型はいつもどおりだ。眼鏡の縁と同じく細い体をひょろりとさせて、レイシー達を見つけるとぱちりと瞳を瞬かせた。

「おやレイシーか。いらっしゃい」

「こ、こんにちはセドリックさん」

「どうした、うちで昼でも食べるかい？」

セドリックの口調も、ロミゴスがやってきてからの変化の一つだ。

カーゴやババ様など、村の人達からは、レイシーさんと呼ばれていたけれど、今ではレイシーとして扱ってくれるようになった。

そのことがくすぐったくてたまらないけれど、やっぱり嬉しい。

「いえ、その、そういうわけではなく……あ、あれっ」

さっきまでレイシーを引っ張ってずんずんと前に進んでいたはずのエリーは、知らぬうちにレイシーの後ろに隠れている。小柄なレイシーの後ろだからあんまり意味がないし、ちょろちょろツインテールが見えている。もちろんそのことにセドリックも気づいているようで、ふうん、と眼鏡の向こうをうっすら細めた。

「あ、あ、あ、あの、あの、私」

とにかく真っ赤な顔をするエリーは可愛らしい。微笑ましく思ったのも一瞬だ。

「セドリックさんが……好きです！」

幼子は激しい爆弾を投げ落とした。被弾したヨーマは崩れ落ちて、全ての力を失った。リーヴがぽんぽんと背中を叩いて慰めている。セドリックはきゅっと瞳を見開き、レイシーは思わず意識を手放してしまいそうになった。

目の前には山盛りのどんぐりが積まれている。エリーからの感謝の品である。

愛の告白という、レイシーでさえも行ったことのない偉業を経たエリーに対するセドリックの反応はとっても大人な返答だった。

『嬉しいな、ありがとう』という、答えではなく平和な返答となる感想を述べたセドリックに、エリーは喜び、ヨーマは死んだ。リーヴはどこから取り出したのか、ポップコーンをぼりぼりと食べていた。

『ねえレイシー！　嬉しいってことは、私はセドリックさんに嫌われてないってことよね!?　セドリックさんは私のことを好きなのかしら、どう思う!?』

ただただ興奮しているエリーに対して、どうかな、とか。そうかな、とか。レイシーなりに必死に色々と考えて話をしてみた。結局出てくるのは曖昧な言葉ばかりだったのだが、それでもエリーは満足してくれたようだ。そして何か不思議な儀式をし始めた。

何をしているんだろう？　と凝視していると、『もう、レイシーは魔法使いなのに、占いとか、そういうことは知らないの？』と、少女は呆れ顔で肩をすくめていた。

魔法使いと占い師はまったくもって異なるのだが、さしてそのことは重要ではないので、正直に知らないと伝えた。するとエリーはふふん、と胸をはり、

『これはね、素敵な恋の占いをなのよ！』

と、教えてくれた。

なんでも花びらをちぎって、好きと嫌いの言葉を交互に繰り返す占い――ということで、レイシーとエリーはそろって花の茎を持って、好きか、嫌いかを占った。エリーは好きと出ると喜んで確認のためともう一度同じことをしたくなるし、嫌いだと悔しくて、好きが出るまで何度だって繰り返す。なぜだかそれにレイシーも付き合う。

好き、嫌い、好き、嫌い。同じ言葉を繰り返しすぎて、頭がおかしくなってしまいそうだ。たっぷりの花を山盛りにちぎって皿の中をいっぱいにする頃には、エリーは大満足で『ありがと、今回の依頼のお礼よ！』と大量のどんぐりをくれた。彼女は野生の動物なのだろうか。

「いつの間にか、依頼達成ということになっていた……」

レイシーがしたことは、本当に話を聞いただけだ。セドリックへの告白はエリーは自分で行った

し、話をするにも大した相槌《あいづち》も打てていない。

でも、それでもエリーは笑っていた。

気づけばレイシーの口元も、ほころんでいた。きっと、ダナと過ごしたあの日がなければ、この依頼は達成できなかったに違いない。そう思うと嬉しくなって、思わずテーブルにうつ伏せになって、じたばたと暴れた。

「ふう……」

ひとしきり暴れ終わったレイシーは小さな息を吐き出し、なんとか笑みを噛み殺しながら顔の向きを横に変えた。ぺとりとテーブルにくっついた頬がひんやりとして落ち着く。

（そうだ、エリーからもらった花びらは匂い袋の新作にしよう）

いっぱいの花びらを見て考えて、それから皿の回りにあったどんぐりを指先でつんと弾いた。ころん、と不規則に転がり、くるくると滑るようにどんぐりはテーブルの上を回る。

花びらが落ちていない花は、まだ少し残っていた。

「好き」

特に意味なんて何もない。寝そべった体勢のまま手を伸ばして、ぷつりと花びらを一枚取る。

「嫌い」

エリーと一緒にたくさんしたから、流れるように次の言葉が出てくる。

「好き」

まだ、花びらは残っている。

「嫌い……」

一体、誰が？

『好きな人を思い浮かべながらするの』

ぽってりと、温かい笑みを落としながらエリーはそう言っていた。

（好きな人……）

そんなの、考えたこともない。魔術の腕を磨くことばかりに必死で、必要だと感じたものはたくさんの知識を吸い込んだけれど、そうでないものはたくさん捨て去ってしまった。でも本当は、同世代の少女達がきらきらと嬉しそうに恋を語る姿を見て、羨ましくて見ないように目をそらしていただけなのかもしれない。

エリーの姿は、とっくに過ぎ去ってしまった幼い頃のレイシーと少しかぶる。

もちろん、あれほどレイシーは素直になることはできなかったけれど。

「ウェイン」

なぜだか自然と彼の名を呟いていた。このところレイシーはいつもそうだ。次は何を作ろうとわくわくして普段はそれだけで頭がいっぱいなはずなのに、畑に水をやっているときや、ご飯を食べているとき、ふとしたときに、彼のことを思い出してしまう。次はいつ会えるのだろうと考えて、知りたくてたまらなくなってくる。

ぷちり、ぷちり。一枚いちまい、と花びらを引っ張っていく。

とうとう最後の一枚になってしまった。交互に呟いていた言葉は決まった。

「す……」

「レイシー、何をやってるんだ？」

「へ、うわ、え、え、え、あーーーっ！」

どんがらがっしゃんとテーブルに飛び込んで、レイシーは花びらまみれになってしまう。そんなレイシーの姿をウェインは眉をひそめて見た。とにかく不思議な恥ずかしさがやってきた。

「一体なんだってんだ。また匂い袋でも作るのか？」

「あ、新しい顧客からの相談ごとがあったの！」

「お、おう」

普段よりも大声で涙交じりに怒るレイシーに若干困惑しつつもウェインは頷いた。ごまかせたとほっと息をつく。とりあえず自身の行っていた痕跡を隠そうと必死にテーブルの上で体をじたばたさせていたとき、床に落ちた一枚の花弁をウェインは拾って持ち上げた。

「赤い花か。そういや童謡にあるよな、一枚いちまい花びらをとって、好きか嫌いか占う歌」

「そ、そんなのあったっけ……」

「うん、俺はしたことないけど。レイシーもそんな感じだろ、歌も知らないんだし」

「そっ……」

ついさっきまでしていましたというのは、どうにもウェインには言えない。

ぱくぱくと口を開いて閉じて、うぐっと言葉を呑み込む。

「そ、そんなことより」

なので強引に話題をそらした。とにかく別の何かを話さねばと必死に頭の中を回転させる。

「この間ウェインがもらっていた手紙って、誰からなの!?」

ポップコーン大会の夜にウェインが受け取っていた手紙のことだ。

いや気になってはいたけど。ごまかしてこの話なの、と自分の話題の下手くそさに苦しくなる。

「手紙……？　ああ、ダナから届いたやつか」

「え、ダナ……？」

そしてあっさりとウェインが教えてくれたことと、意外な相手に驚いた。

「なんで、ダナが？　私じゃなくて、ウェインに？」と、言ってしまうのは思い上がりだろうか。

あれからダナとは定期的に手紙のやりとりをしている。レイシーとしているのだから、旅をした仲間同士、ウェインにも同じようにしていたところで違和感はない。

「でもダナかぁ。そうだったんだ……」

「いや待て！　言っておくが、あれは特別だ。頻繁にやりとりをしてるわけじゃないぞ」

「ふうん……？」

唐突に焦るようにウェインは続けた。特別って一体なんのことだろうとさらなる疑問がやってきたが、それ以上はウェインもレイシーに伝えるつもりはないようだった。

花びらだらけのテーブルを二人で片付け、恒例のお茶会を開くことにした。でもすぐに茶葉がないことに気づいたから、村に買い出しに行って、ついでに食料を買って屋敷に戻ることにした。

ぽくぽくと屋敷までの道をゆっくり歩きつつ、真っ白い雲がどこまでも続く冬空を見る。半分持つとレイシーは言ったのに、買い物かごは全てウェインが持っていた。

「ねえ、ウェインはもう隠蔽《いんぺい》魔法は使わないの？」

「まあな。もう知られてしまったわけだしなあ」

「さっきもお店の人に勇者様って呼ばれて、ちょっと顔が引きつっていたね。ちゃんと返事はしていたけど」

「あんまり得意じゃない。でもまあ、悪気があるわけじゃないし、いうなれば愛称だろ」

ウェインも段々プリューム村に染まってきてしまったようだ。

勇者が来る村という秘密は、村人全体でひっそりと守られている。

「……なあ、村の人達は、大丈夫なのか？」

「大丈夫って？」

「俺はたまにしか来ないから、外からじゃわからないものがある」

ロミゴスの一件を、ウェインは把握している。だからそのことだろうとレイシーは考えた。心配してくれているのだ。

「……最初は、みんな笑っていたけど、やっぱり怖がっているところがあったと思う。最近は少しずつ本当の笑顔を感じるようになってきた。それが……いいことかどうかはわからない」

平和はとてもいいことだ。

しかしそれが、ただ現実から逃げる理由になってはいけない。

「フィラフト公爵に、私からお話を伝えた方がいいかもって考えているの……」

レイシーの魔道具が悪いものを引き寄せるのなら、より大きな存在に庇護を願えばいい。

すでにレイシーは国の鎖からは逃れているのに、もう一度捕まえてくれというようなものだったが、村の人達を守るためならと天秤《てんびん》にかけ、自身の自由を投げ捨てる覚悟もあった。

「……公爵なら、すでにお前のことをご存知だ。アステール、なんて名前がついた魔道具を作ってることもな」

「えっ、え!? たしかにプリューム村に引っ越すとき挨拶をした方がいいとは思ってお目通りいただいたけど、魔道具も!? 知っているの!?」

「悪いと思ったんだが、それについては俺から伝えた。レイシーからだと色々とまずいだろ。ちょっと急いでたんだ。事後確認で悪いな、言い忘れてた」

「いえ、あの、不安が減ってありがたいけど……」

暁の魔女が公爵のもとへ庇護を願う。それはさらに新しい鎖を得ると同義である。だからウェインが橋渡しをすることでプリューム村のみの庇護に変えた。自由に生きるというレイシーの心情を慮《おもんぱか》ったのだろう。

――ウェインはさらりと伝えたが、ダナの手紙でロミゴスという貴族の動きが怪しいと知り、夜会に調査に向かってその足で公爵への謁見を願って、交渉してと日々の仕事に加えて恐ろしいほどの目まぐるしさだった。

でもそのことをレイシーに伝えるつもりはないし、どう伝えればいいかと悩んで、今の今まで言えなかったのだ。

一言でまとめると、今回彼はとにかく頑張っていた。

「よかった。それじゃあ私が作る魔道具は、実質的に公爵の許しを得たということよね」

「ああ、後ろ盾にはなってくれるはずだ」

立派な髭《ひげ》が似合う男性だったと記憶している。立場を考えると難しいかもしれないが、いつの日か礼の言葉を伝えたいものだとレイシーはひっそりと胸の中でごちた。

「……ウェイン、ごめんね」

「謝られることはしてないし、もらうのならその反対の言葉だ」

「ありがとう、とっても感謝してる」

「よし受け取った」

少しだけ笑ってしまった。坂を上って、屋敷に近づく。まるで空に近づいていくようだった。どこまでも広がる空に向かって、近づこうと歩けば歩くほどに、吐き出す息の冷たさなど気にならないほど体が温かくなってくる。

ひゅるり、とレイシーの頬を木枯らしがなでた。

ついでとばかりに帽子を巻き上げ、長い黒髪が風の中ですっかり遊ばれてしまう。

「うわあ、ぐしゃぐしゃ」

「待て、整えているふりをしてさらにひどいことになってるぞ。待てってて」

レイシーよりもほんの少しだけ先を歩いていたウェインが振り返った。荷物を道の端に置いて、丁度いい丸太に二人一緒に腰掛ける。

レイシーに比べたらずっと大きな手のひらなのに、ウェインはレイシーの髪をするすると器用にいじっていく。以前なら髪をいじられようとなんの問題もなかったはずなのに、今は必死で瞳を閉じた。あまりにもウェインが近いから、自分の心臓の音がとにかくうるさい。

「できた」とウェインに言われたとき、奇妙な違和感があった。何かが前髪にくっついている。不思議に思って瞳をあけて、そっと指を伸ばして確認してみる。

「……ばれたか」

たまにするいたずらっ子のような顔だ。

ウェインが外して見せてくれたそれは、ぴかぴかで真っ青な石がついた髪飾りだった。

「やるよ」

もらったはいいものの、自分の手のひらの上に載せて首を傾げる。きょとんとしたまま考え込むレイシーの隣では、腕を組んでどっかり丸太に座っていたウェインも一緒に髪飾りを見つめている。

ぱたぱたと頭の上を鳥が飛んで、ぐんぐんと雲が動いて消えていく。

「…………なんで!?」

「反応までが長いなあ」

呆れられてしまった。

「前にほしいものがないかって聞いたろ。まあ、色々あってちゃんと聞けなかったけど」

記憶を遡らせて考えた。ノーイが勢いよく焚き火《たび》につっこんできたときのことだろうか。たしかに問いかけられて、そのときもどうして、と尋ねて返答がなかった気がする。

手のひらの上に載っている髪飾りは小さな石が可愛らしくて、夜の空をちょっとだけ切り取ったみたいだ。可愛いし、とても好きだ。けれどもらう理由はさっぱりでどんな顔をすればいいのかわからない。

「遅くなったけど、誕生日のプレゼントだ」

だから、ウェインの言葉を聞いてもしばらく理解ができなかった。

うねるような風が木々の葉っぱを揺らして通り過ぎる。坂の高いところから、村の外れまですんと通って冬の匂いを運んでいく。レイシーの生まれは秋だ。

それがいつということは孤児であるレイシーは自分自身も知らない。だからだいたいこれくらい、と考えて、いつも適当に年を増やして数えている。旅をしている最中、そのことをウェインに告げたことは、たしかに、ある。

改めてウェインから伝えられて、髪飾りをそっと握りしめた。けれどやっぱり――わからない。

どうにも認識ができなくて、実感がわかない。

「十六歳になったんだろう。レイシー、おめでとう」

いつの間にか、一年が経っていたのだ。

プリューム村に来たばかりの頃、レイシーはまだ十五歳で、何ができるかもわからずに見えない道を一つひとつ歩いていた。

寒い冬にやってきて、暖かくなって、また季節が一巡りしてしまった。

「せっかくもらったのに、帽子をかぶったら、見えないよ……」

「そっちの方がレイシーは気負わないだろ」

「そ、そんなの、すごく可愛いのに、もったいない！」

「じゃあ、帽子はそろそろ卒業してもいいんじゃないか？」

一つ年が増えた。たったそれだけのことなのに、たまらない気持ちがあった。

今まではなんの意識もしていなかったくせに、知ってしまうとだめだった。胸いっぱいの何かがぐっと喉につかえて、捉えるには下手くそな感情が遅れてゆっくりとやってくる。

「ウェイン、ありがとう……」

とても、とても嬉しかった。

耳の後ろがとにかく熱い。壊さないように、大切に握りしめると髪飾りはひんやりとしているのに、胸の内が温かい。

「あ、ありがとう！」

一回言ったはずなのに、もっとちゃんと告げたくて、はっきりと声を出した。「おうよ」とウェインは貴族らしからぬ返答をした。照れているんだろう。

「ウェ、ウェインの誕生日にも、お祝いしたい！　させてほしい！」

「残念だな、とっくに過ぎてるよ」

「えっ」

「だから来年頼むことにする」

「……うん、うん！」

必死に伸びをして主張して、ウェインとレイシーはじっと瞳を合わせた。

そのとき二人が顔を赤くした頃合いは丁度ぴったりで、同時に視線をそらしたものだから互いに気づかなかった。

ふとレイシーは考えた。一年の時間はあっという間のようで、長くもあった。少しずつ時間を巻き戻し、あの頃の自分を思い出す。魔王を倒し、旅を終えて、仲間達はバラバラに旅立って、これで終わってしまったのだろうと言葉には出さずとも思案していた。

だから、ウェインに大切な杖を燃やしてもらおうと思った。

貴族の形ばかりの妻となり、魔法使いのレイシーはもう終わる。婚約相手に汚いと言われてしまった杖だが、大きさを変えることができるから、婚家にこっそりと持ち込むことなどいくらでもできたが、レイシーなりの決別のつもりでウェインに願ったつもりだった。

しかしウェインは断った。結局レイシーに根負けする形で頷いてはしまったものの、ウェインはレイシー本人よりもレイシーが心の奥底で大切にしているものを知っていたのだ。

「……私、多分、ずっと、魔王を倒してしまったら全てが終わってしまうと思っていたの」

「……ん？」

だってそのためにレイシーは生きることを許された。目的がなくなった先なんてきっと色がない世界が続いているのだと思っていた。けれども、現実は違う。

「でも、終わらないものなのね」

つんとした冬の匂いがした。たくさんの植物が入り乱れたレイシーの畑の中では、今頃体中に葉っぱをつけたティーが、ノーイに乗って駆け回っているだろう。

坂からは村を一望することができる。豆粒のような人達が、笑って、動いていて、真っ赤な山茶花の花が村を守るように咲き誇っている。そこにあるのは、ただ幸せな日常だ。

「そりゃそうだ」

冷たい風にほんの少し鼻の頭を赤くしたウェインが、鼻先をこすって呟いた。

「死ぬまで、人生は続いていくんだから」

ぶわりと、まるで何かが膨れ上がった。

レイシーの足元からずんずんと世界が色づき変わっていく。小さな蕾《つぼみ》がぽつぽつと首を上げて、ぱちんとはぜた。たくさんの鮮やかな花が開いて、どこまでも、どこまでも進む限りに埋め尽くしていく。一面の花畑だ。

わあ！　とびっくりして声を上げそうになった。けれど瞬いた後に見たものは、なんの変哲もない、いつもどおりの風景だった。当たり前だ。不思議な夢のようなものを見た。世界は何も変わらない。

なのに、何かが違うような気もする。

「……ウェイン、この髪飾り、もう一度つけてくれる？」

「いいけど、邪魔にならないか？」

「全然」

ウェインが編み込んだ前髪を押さえるようにつけると、レイシーの黒髪に青い石の髪飾りはよく似合った。

「……どうかな？」

「もちろん可愛いに決まってる」

女の扱いがうまい勇者だ、と思わずレイシーは照れるように笑ってしまう。

——ウェインはウェインで、思ったことをそのままに言っただけだが、いつもは可愛いと言ったところであっさりとした反応なのに、おかしいぞ、とそっぽを向いて考えた。心臓がぎゅっと摑まれてしまったみたいだった。

「ウェイン、どうしたの？」

「いや、なんか、ちょっと、なんというか」

そのとき、レイシーの鞄につけた鈴がちりんと鳴った。訪問者がやってきたのだ。

屋敷まではすぐそこだから慌てて二人で駆け上がると、大量の荷物を抱えたブルックスが、「おお、レイシー！　ウェインもいたかぁ！」と、がははと笑っている。彼はレイシーとともに魔王を倒した一人であり、体の大きさも音量の調節もちょっとおかしい。

「そろそろレイシーも成人だと思ってな！　酒をたんまり持ってきた、みんなで呑むぞ！」

「え、あの、ごめんなさい、気持ちはありがたいんだけど、まだ成人はしてないの……」

「そうだったか！　間違えたな！　まあいいウェインがいるからなァ！」

「いるからなじゃねえよ、たまには連絡してから来いよ」

ウハハァ！　と勢いよくブルックスは自身の額を叩くと尋常ではない音が響いたが、楽しそうに笑っていた。本人的にはやっちまったなあ、という軽い仕草で自分の額を叩いたのだろうが、レイシーとウェインの頬に爆風がやってくるほどの勢いだった。とりあえず、ブルックスもレイシーの誕生日を祝おうと考えてくれたらしい。

ありがたい気持ちとくすぐったさがまぜこぜで、レイシーが帽子をこっそりかぶり直そうとしたときと、一匹の仔竜《こりゅう》がふわりと空から舞い降りたのは丁度のことだった。

「えっ、あ、あなた、まさか……ピアナ!?」

「ぴゅいーい！」

「うわ、わあ！　久しぶり！　大きくなったねぇ……！」

ぴゅいっ！　と元気に返事をしながらピアナは新緑色の鱗《うろこ》をぴかぴかに輝かせ、レイシーの肩の上に降り立った。

『竜のポスト便』となるための試験で、持っていた鞄を魔物に奪われ泣いていた仔竜である。

出会った半年前とは打って変わって大きく育った体には、ピアナが大事に抱きしめていた鞄がしっかりとかけられていた。

そこには、なんとポスト便が所属する魔物使い《テイマー》組合のトレードマーク、竜と手紙の絵柄が縫い付けられている。

「もしかして……ポスト便の試験に合格したの!?」

驚くレイシーの言葉に、「ぴゅーいいっ！」とさらに元気な声でピアナは両の翼を広げてみせた。

つまり、そういうことだろう。わあ、と再度驚きの声を上げると、なんだなんだとティーが屋敷から顔を覗かせて、「キュウオオーッ！」と、こちらも歓喜の雄叫《おたけ》びを上げていた。ティーとピアナは仲良しなのである。キュイキュイ、ぴゅいぴゅい、と二匹は大忙しだ。

「わざわざ来たってことは、レイシーの専属のポスト便になるのか？」

ウェインが問いかけると、ピアナはこくこくと何度も頷いた。そしてハッとしたようにレイシーの肩から降り力を溜《た》め、「ぴゅうっ！」ともう一度、元気いっぱいに翼を広げた。ぽこんっ！　とピアナの鞄のボタンが外れ、弾けるように飛び出したのは一通の手紙である。

慌ててレイシーは両手で手紙を受け取った。

宛先には『星さがしのレイシー・アステール様へ』と流れるような綺麗《きれい》な文字が書かれている。

「私に、手紙……？」

「ぴあっ」

きっと、たくさんの手紙を鞄の中にぎゅうぎゅうに詰め込んでいるのだろう。ぱんぱんにはち切れそうな鞄を抱えてピアナはばさりと飛び立つ。

彼の手紙を待っている、たくさんの人がいるのだ。

「キュイーッ！　キュー！」

「ピアナ、ありがとう！　それと、おめでとう！　今度は絶対に、遊びにきてね……！」

そうして一瞬にして消えてしまった仔竜の鳴き声が、青い空の向こう側から静かな風とともに運ばれてくる。

見えなくなった後も、レイシーはじっと息を止めて、小さな竜を見送り続けた。

「……で、誰からの手紙だったんだ？」

「ダナよ。最近は、よく手紙のやりとりをしているの」

ぱちり、とレイシーは瞬いた。そしてほんのりと嬉しげに差出人の宛名を見てウェインに答える。

——終わってしまうことなど、何もないのだ。

まるで季節が入り乱れたレイシーの畑のように、花が咲き、枯れてしまったとしてもこぼれた種から新しい花が咲く。

（死ぬまで、人生は続いていくんだから）

でもそれも一つの花が枯れてしまっただけで、また次の誰かが続きを紡ぐのだろうか。

「ぶぶぶぶぶぶもおおおお！！！？」

「お前は！　あのときの！　イノシシィーーー！！！」

レイシーが考え込んでいる間に、いつの間にかこちらも感動の再会が繰り広げられていた。

そういえば以前に来てくれたとき、彼らは出会っていなかったというかノーイが必死にブルックスから逃げていた。なぜならノーイはブルックスから土産として持って来られたイノシシだからである。どうやら久しぶりなので気が緩んでしまって、騒がしさについうっかり出てきてしまったらしい。

「ブルックス、食べないで。絶対にこの子達は食べないでね、ダメだからね……!?」

「レイシーがそう言うのなら仕方ねぇな！！！！」

「キュイキュイキュイキュイキュイキュイ」

「ぶもおおおおおおおおお」

あまりの恐怖にむせび泣いている二匹である。なんとも気の毒だ。

「ブルックス、何度も言うけど音量は調節しろ」と呆れ顔のウェインにぐりん、と顔を向けて、

「おっと」とブルックスは自分の首をさすった。

「悪いなレイシー。またうるさくなったら俺を……殴ってくれぃ！！！！」

「お前……ダナがいたなら今この瞬間殴り飛ばされてるぞ……？」

ウェインとブルックスの相変わらずの掛け合いに、思わずくすりと笑ってしまう。

けれどもすぐに足元でしょぼくれているティーに気づいて、「……大丈夫」とレイシーは屈《かが》みつつ声をかけた。

「ピアナは絶対にまた来てくれるわ。そのときはまた、たくさんお祝いしなきゃね」

「キュイイッ！」


――さて。プリューム村にやってきてから一年の月日が経った。時間はいくらだって進んでいく。

臆病な仔竜が、一人前のポスト便になるくらいに。

次はどんな一年になるだろう。そのまた次は？

考えて、楽しみで眠れない日があれば、不安で、怖くてたまらない日だってある。

その変化の全てが愛《いと》しくて空を見上げると、レイシーがかぶっていた帽子が、ひゅるりと風に飛ばされた。

「あっ……」

うまい具合に風に乗ってしまったのだろう。

くるくると回って坂の上からぽつんと小さくなって消えてしまった帽子に、ほんの少しの寂しさを感じた。けれども、とせっかくの髪が崩れてしまわないように気をつけながら、レイシーはそっと髪飾りをなでた。

ひんやりとして冷たい。それなのにほとりと胸が温かくなる。

なぜ自分がそう感じるのか。レイシーにはまだわからない。

それでもいつか、わかる日が来る。

――たくさんの季節を巡って歩いて、これからも彼女だけの物語を紡いでいくのだから。

書き下ろし

本日どんぐり日和、ときどき、松ぼっくり

レイシーの誕生日祝いとしてやってきたブルックスは、がははと笑いながらしこたま酒を呑《の》んだ。ウェインはほんの少しだけ彼に付き合い、レイシーはそんな二人を羨ましく思いながら、ゆっくりとジュースを飲んだ。

楽しい時間はあっという間に過ぎていくもので屋敷に泊まったブルックスは次の日になると、「弟子達《たち》が俺の帰りを待っているからなァ！！！」と叫びながら消えていってしまった。

文字通り嵐のような激しさだったと見送りつつ、レイシーとウェインは村へと下りた。昨日買った食料はブルックスに食べ尽くされてしまったため、再度、食料の調達に出かけたのだ。

「勇者様、いらっしゃい！　ゆっくりして行ってくださいね」

「わあ、勇者様だ！」

歩くだけで大人から子どもにまで声をかけられ、ウェインは苦笑するように片手を振っている。相変わらずくすぐったそうな顔をしているが、王都ほど騒がれることもなく案外居心地も良さそうだ。

うんうんよかった、よかった……と、思いつつ、現在レイシーは必死の思いだった。買った荷物全てを持とうとするウェインからせめてもとパンの紙袋を奪取し、ぎゅっとレイシーは抱きしめた。ほかほかしているのが焼き立てのパンなのか、それとも自分の首元なのかわからない。

木枯らしがひゅうひゅうと通り過ぎて風は冷たいはずなのに、そんなことも感じないくらいにレイシーは妙な緊張に悩んでいた。なぜなら、帽子がないから。

さらに、今日もウェインにもらった髪飾りをつけてもらった。意味もなく今すぐ叫びだしてしまいたいような、このまま走って逃げてしまいたいような、そんな気持ちをごくんと呑み込み、ウェインにくくってもらった馬の尻尾のような髪を歩く度にぴこぴこと揺らした。

大丈夫、いつもどおり。なんてことない。

なんでもない！　と自分自身に言い聞かせたその瞬間、「なあ、レイシー」と声をかけられたので、「ひいいっ」とぴょんっと飛び跳ねた。

「……パン、焼き立てだから袋の口はあけといた方がいいんじゃないかと言いたかっただけなんだが」

「そ、そうね。湿気《しけ》るものね！　大丈夫。わかってる、わかってる」

「ん？」

「こ、今度は何!?」

がさごそと袋の口をあけつつ、どうしても必要以上に反応してしまう自分に嫌気を感じながら、レイシーはちょっとだけ涙目で問いかけた。するとウェインは、「いや、あれは何をしてるんだろうなって思っただけだ」と荷物を抱えながらくいっと顎の動きで視線の先を促し、じっと何かを見つめている。

同じくレイシーもウェインと同じ先を見てみると——そこには、しゃがみこみながらせっせと腕を動かす、小さなくるくる髪の女の子がいた。

「エリーさん、何をしているの？」

ゆっくりと近づき、レイシーが問いかけると、エリーは、ぱっと顔を上げた。スカートの裾をはたはた叩《たた》き、すぐにちょこんと立って、「あら、レイシー？　もうっ！　ちゃんとエリーちゃんって呼んでと言ってるでしょ」とぷんぷんしている。

「ご、ごめんなさいエリーちゃん……」

「良しとするわ。あら？　勇者様もいらっしゃったのね。勇者様、こんにちは」

おしゃまな様子でちょこんとスカートの裾を持ち上げるエリーに対して、「こんにちは」とウェインもにっこり応対する。

「それで、私が何をしているかって？　ご覧の通りよ」

相変わらずの自分のペースで話すエリーはさっと片手を広げて周囲の様子を見せた。

なんの変哲もない道である。集落からは少し離れているため、家はまばらになっている代わりに太い幾本かの木が端に立っており、足元にはわさわさと落ち葉が積もっていた。

「どんぐりを、探しているの」

「どんぐり……」

ふんふんと鼻の穴を広げんばかりに体を若干上下させて説明するエリーの髪飾りは、どんぐりでできている。思わず、一度口に出したはずの単語をレイシーは繰り返した。

「えっ、ど、どんぐり……？」

「そうよ。でも残念。本当はここじゃなくてもっとたくさん採れるいい場所があるのよ。村からはちょっと遠くて、魔物避《よ》けの効果も薄い場所だから大人が一緒じゃないと危ないの。いつもならパパが連れていってくれるんだけど、今は忙しいから」

ふう、と悲しそうにため息をついてポシェットをいじるエリーを見て、レイシーは少しだけ考えた。視線を右に、左に移動させて、ううん、と唸《うな》る。最後にウェインを振り返り見上げると、苦笑したように頷《うなず》いてくれた。

「あ、あのね、エリーちゃん。そこって、大人だったら誰でもいいの……？」

と、いうことでレイシー達は屋敷の前に集まった。

買い物袋を屋敷に置き身軽になったウェインとレイシーはもちろん、腕を組んでざんっと見参したエリーの背後には彼女と同じポーズをしているヨーマと、へらりと笑っているリーヴ。そしてなんともいえない顔をしているアレンである。

予定よりも増えているというか、まさかの大集合だったのだが、「人手が多い方がたくさん集めることができるからねっ！」と気合を入れたように胸をはるエリーに、「おーうっ！」と恋する少年ヨーマが両手を突き出ししゃかしゃかしゃかしている。

「遠出してピクニックするんだろ？　えへへ、楽しみ楽しみ」

「こいつらを姉ちゃん達だけに任せるのは悪いし……。ランツさんも今日は村にいるみたいだし、うちの両親もいいいってさ」

けたけた笑うリーヴの頭をアレンがぽんぽんと叩いている。

そして子ども達の背中にはリュックサックが背負われていた。各自の両親に許可をとり、出かけるのなら早い方がいいと急いでお昼を持ってきたらしい。かくいうウェインも購入した食料で持ち運べる食事をさっさと作り今に至るのだが、たしかにピクニックもどんぐり集めも同じようなものかもしれない。

「うん。みんな一緒の方が楽しいわよね」とレイシーは頷き、それじゃあ行こうか、と子ども達に道案内をお願いして屋敷の丘から出発した。レイシーの畑を守るべく、屋敷に残ったティーやノーイは「キュイキュイッ」とお見送りをしてくれたのでふりふりと手を振ったレイシーだが、ふとアレンが、何か複雑そうな顔つきでウェインをじっと見つめていることに気がついた。

エリーが指差すままに進む先はなだらかな丘陵地となっており、見晴らしもいい。これなら魔物が襲ってくるのを事前に察知しやすく、村人達でも比較的安全に歩くことができるだろう。

とはいえ、周囲の警戒を怠ることなく、うららかな空の下でレイシーとウェインは子ども達を囲むように歩いた。

たどり着いた場所は、一面のどんぐり畑だ。もちろんどんぐりが畑になっているわけではなく、まるでそこから生えてきたのかと錯覚するほど落ち葉の隙間に所狭しとどんぐりが埋まっている。悲鳴めいた歓喜の声を上げた子ども達が両手を上げて突撃し、レイシーはその様をぽかんと見送った。

「エリー、ほら見てよ！　これ！　すっげぇつやつや！」

「ふふん、そんなものより見てごらんなさい！　私なんて帽子つきなんだから！」

「見つけたぁーッ！　松ぼっくりッ！」

すでに別のものを拾っている子もいるが、楽しそうならよかったとレイシーはほっくりと微笑《ほほえ》む。

しかしすぐさまやってきたエリーに服の裾を引っ張られ、ずんずんと連れ去られる。

「えっ、あの、あああ、あわわわ……」

「なんで他人みたいな顔してるのよ！　レイシー、あなたもちゃんと拾うの！　戦力は一人だって逃せないわ！」

そんなふうに無理に引っ張られるものだからお尻から前に進んでしまう。

「待って、待ってエリー、いや、エリーちゃん。普通に歩くから！　歩くから許して！」

「わかったわ。さあ、端から端まで拾って拾って拾いまくるわよ……！」

「あの、エリーちゃん」

「なあに」

「単純な疑問なんだけど、どんぐりを拾ってどうするの？」

エリーと一緒にしゃがみつつ、発見したどんぐりを指先でちょんちょんといじりながら問いかける。手伝ってほしいというのならもちろん手伝うが、まず目的を知りたかった。

向かう先がわからなければ何をすればいいのかわからない……と、いうことでレイシーとしてみれば至極まっとうな問いかけのつもりだったのだが、エリーは「え？」と何度も瞬く。まるで、この人は何を言っているんだろう？　とでも言いたげに、ぱっちりとした幼い瞳がレイシーを見上げている。

「だってどんぐりよ？　どんぐりを集めたくない人なんてこの世界に存在する？」

「世界規模の、話……？」

朝に太陽が出て、夜には月が出る、どんぐりを集める、という常識のように話されてしまった。

しかしレイシーは今も昔も、どんぐりを集めたことは一度もない。集めたいと考えたこともない。

レイシーの過去の記憶は少しばかり薄暗い。でもそのことをエリーに伝えるべきとは思わなかったから、どう言えばいいのか困ってしまって、複雑な顔つきのまま口元をぱくぱくさせて、眉を八の字にしてしまった。すると何を勘違いしたのか、「もういいわよ」とエリーはつん、と口を尖《とが》らせて顔をそむける。

「ふんっ。いいわよ、大人にはこの気持ちはわからないわよね」

「…………」

「何よ。文句が……」

「おとっ、おと、わ、私が、おとなっ、へへ、うふふ、うふふふっ」

「まったくなさそうで怖いわ……」

「あっ、ご、ごめん」

慌てて緩んだ頬を引っ張り、ついでに自分の頬が真っ赤になるくらいにぱちぱちと叩いた。

レイシーは小柄なせいかよく年よりも幼く見られがちだ。そのことは特に気にしていないのだが、大人、と面と向かって言われるとどきどきする。だってそんなこと、言われたことは一度もない。

だからほんの少しの自分の成長を噛《か》みしめて、嬉《うれ》しくなってしまった。

とはいえ、「私は成人してないし、まだまだ全然大人じゃないよ」と事実を伝えると、エリーはまたぷんっとした。

「何言ってるのよ。大人だから、ここについて来てもらったんでしょ」

「それは……ウェインもいるからと思って……」

「少なくともレイシーは私よりは大人よ。……遅くなったけど、連れてきてくれてありがとう」

照れながら伝えられた言葉に、どういたしまして……と口ごもりながら返事をしてしまったレイシーだが、座り込んだ膝の上に置いた手に、ぐっと力を入れた。

「よし。どんぐり、私も探したくなってきた！　たくさん探そう！」

「いいわね、その調子よ！」

＊＊＊

こうして話す彼女達から少し離れて、少年と青年も互いに背中合わせでぼんやりと落ち葉の上に視線を滑らせていた。双子のきゃあきゃあと響く悲鳴を兄であるアレンは聞きながらも、「あ、あのさあ」とウェインに声をかける。

「ん？　どうした」

「兄ちゃん、いや、兄ちゃんさん……ちげぇや兄様……なわけねぇ、ゆ、勇者様！」

「な、なんだいきなり」

「なんだって、そんなのこっちだってさぁ。どうし……したらいいんですかって困ってんだよ！」

落ち葉を踏みしめながらのアレンのなげやりな叫びに、「おいおい」とウェインは困惑したように振り返った。

「困ってるって、何がだ？」

「だから、その、なんていうか……勇者様じゃん」

そっぽを向き吐き捨てるように声を出しながら眉根を寄せるアレンの顔を、「そうだなあ」と頷きながらウェインは膝を曲げて窺《うかが》った。なんでもないふりをして覗《のぞ》き込んだウェインだが、アレンが真っ赤な顔をして、ぎゅっと唇を噛みしめ、拳を震わせていることに気づき慌てて周囲から隠すように少年の背をなでた。

「悪い、俺が悪かった」

「す、姿絵と、同じじゃん……声は、兄ちゃんのままだけど、全然違うじゃん。どうすりゃいいのかなってさぁ、思うじゃん」

「そうだな。困らせたな、そりゃそうだよな」

「わかるよ、勇者だって知られたんなら、そりゃ、大騒ぎになるだろうしさ。でもさあ、姉ちゃんが暁の魔女様だってことはなんとなくわかってたけど、兄ちゃんまではさ、だって顔が違うしさ」

「うん、考えないよな。そうだな」

「しかもむかつくほどイケメンじゃん！」

「それについてはなんとも言えん」

ぽんぽんと、何度もアレンの背を叩くと、ぐいとウェインを押して距離を置いたアレンは目頭を乱暴に腕で拭い、ぎろりとウェインを睨《にら》み上げた。

「結局、俺は兄ちゃんをなんて呼べばいいんだよ！　兄ちゃんのままでいいのかよ！」

ちろちろちろ、と頭の上では鳥が空を飛んでいく声がする。

ぱちり、とウェインは瞬《まばた》き、それから真っ赤に染まったアレンの鼻の頭を見て、ちょっとだけ笑った。

「……そりゃ、そのままでいいに決まってるだろ」

＊＊＊

レイシーが振り返ると、「やめろお！」と叫ぶアレンをウェインが引っ張り、無理やり肩を組みながら珍しく大笑いをしている声が聞こえた。

何か楽しいことでもあったのかな、と首を傾《かし》げると、兄のもとに突撃した双子達を二人合わせてウェインが持ち上げ、ぐるんぐるんと回りながらみんな葉っぱだらけになっている。すでにポシェットの中をどんぐりでいっぱいにしているエリーが「もう！」と怒る顔を横目に、そろそろお昼かなとレイシーは考えて、じっと空を見上げた。

「男の人達ってこれだからだめよね。セドリックさんの爪の垢《あか》を飲ませてあげたいくらい。……レイシー？　どうかしたの？」

「……そろそろ雨が降るのかな、と思って」

じっと空を見上げ続けるレイシーに倣うようにエリーもその視線の先をなぞる。

細い幾本もの茶色い枝が青い空に向かってすっと腕を伸ばしていた。ゆったりと、白い雲が流れていく。

「……降らないと思うけど？　いいお天気だもの」

「ううん、降るよ」

ゆっくりとレイシーは首を横に振り、はっきりと告げた。

「だって、わかるもの。多分、ウェインも」

見ると、あれほど騒いでいた男達も今はぴたりと動きを止めて、空を見ていた。


どんぐり集めは一時休憩となり、各自持ってきたお弁当にかぶりつくことになった。

子ども達のリュックサックの中に入っていたのは、もちろん保冷温バッグだ。ほかほかと温かいパンやスープでお腹《なか》の中をいっぱいにしていると、次第に雨が地面を濡《ぬ》らし始めた。レイシー達は大きな木のうろの中に避難して、しとしとと滴る雨の音を聞いた。

「……やだわ、これじゃ帰るときに大変よね」

「大丈夫、もうちょっとしたらやむと思うよ」

本当？　と不安そうにレイシーを見上げるエリーにこくりと頷く。

次第に強くなる雨脚の音で、自然と口数も少なくなった中、「あっ」と双子の片割れが声を上げた。

「俺が拾った松ぼっくり、傘が閉じちゃってる」

思わず呟《つぶや》いたといったようなリーヴの小さな声も、静かな雨の中ではよく響く。

「濡れちゃったんじゃないの？　乾いたら元通りになるよ」

ヨーマの声に、そっかとリーヴは手のひらの中の松ぼっくりを見つめながら返答した。

雨の日には種を飛ばさないように傘を閉じるのだと以前に何かの本で読んだことを思い出し、レイシーはくるくると人差し指を回した。

「わっ」

リーヴの手の上で転がっていた松ぼっくりからみるみるうちに水が吸い取られ、からりと乾き、元通りに傘が開いている。わなわなと手の松ぼっくりごと驚き震える子ども達を見ていると、レイシーの中にむくりと悪戯心《いたずらごころ》がわいてきた。

ウェインをこっそり覗き見て、一年前のことを思い出す。わけがわからぬうちにこぼれたレイシーの涙を、ウェインの魔術で拭ってくれたそのときを。涙の水玉がくるくると宙を泳ぎ、自由に生きてもいいのだとレイシーに伝えてくれたようだった。魔術は戦いに使う以外にも色んな可能性があるのだとも、教えてくれた。

そのときと同じように、レイシーは小さく指を振って、水玉を作る。

涙の代わりに使うものは空からぽろぽろとこぼれる雨粒だ。ぽちゃん、ぽちゃんと木の枝や、葉っぱを伝って落ちる度に膨らみ生まれるたくさんの水玉が、ふわふわと宙に浮き、雨の中の景色を映した。

「雨も、案外悪くないのね」と小さく呟くエリーの声が、なんだか嬉しかった。

それからすぐに、あれほど激しかった雨が噓《うそ》のように晴れ渡り、濡れた落ち葉を踏みしめながらレイシー達が見たものは、空にかかる大きな虹だ。

綺麗《きれい》だなぁ、と誰ともなしに漏れ出た声を聞いて、「よし」とウェインがにかりと笑う。

「レイシーほど、派手なことはできないけどな」とまだ残るレイシーが作った水の玉の一つに手を伸ばし、両手を重ねた。そしてゆっくりと解くように開いたとき、「うわあ！」と子ども達の興奮の声が重なる。

揺れる水の玉の中には、空に浮かぶ虹が映り込んでいる。

すごいすごいと口々に飛びつく子ども達のために、ウェインは高さを合わせてしゃがみこんだ。アレンまでがそわそわして、ちらちらと視線を送っている。はあ、とレイシーの口から漏れたのは感嘆の息だ。

「……やっぱり、本家には敵《かな》わないわね」

「ん？」

座りながらちらりと見上げるウェインに、なんでもないと首を振りながらにこりと笑った。

十分すぎるほどに集めたどんぐりは子ども達のリュックサックの中にずっしりと詰まっている。

重いだろうからと魔術で持とうかとレイシーが提案すると、「この重さがいいんじゃないの」とエリーはどこか得意げな顔をしていた。

冬の日は短い。あっという間にとろけた夕焼けが遠く山の間に滲《にじ》んでいく。雨上がりの濃い匂いが漂う帰り道は、どこもかしこも橙《だいだい》色に染まっていて、行きと同じ道を通っているはずなのに、まったく違う場所を歩いているようだ。見渡す限りの草原が、きらきらと輝きながら風に揺れる。

まるで、輝くような稲穂の中にいるような。

「ここを見る度に、すごく綺麗な景色だなぁって、思うんだよ」

夜の紺色と夕焼けが無秩序に混じり合った黄昏《たそがれ》色の空の下でぽつりと呟いたのは、ヨーマだ。双子の片割れは遊び歩き疲れて、今はウェインの背で眠っている。先程まではアレンがおぶっていた。

「……でもさあ、レイシーとかウェインは旅をして、ここよりももっともっと、綺麗なところを知ってるんだよなぁ」

「こらヨーマ。姉ちゃん達を呼び捨てにするな」

「アレン、私は気にしないよ」

「俺が気にするの」

村まではもう少しだ。レイシーの屋敷の屋根が親指の先程に見えていた。

そうだなぁ、とウェインはリーヴを背負い直した。いつの間にか、エリーがウェインの服の裾を引っ張るように摑《つか》んで隣を歩いている。

黄昏が、またさらに夜に近づく。今にも消えてしまいそうなほど小さな星が、ちらりと瞬く。

ウェインはそっと瞳を細めて空を見上げた。

「どこも全部、ここと同じだよ」

子ども達を家に送り届けると、もうすっかり食事の時間だ。出かける前に夕食の下準備まで済ませてしまっていたらしいできすぎる男に若干の恐ろしさを感じつつ、レイシーは魔物達の、ウェインは自分達の食事の準備をし始めた。

食器棚から皿を出して、「ねぇウェイン」と背中越しに声をかけると、「うん?」とこちらも自身の手元から目を離さずに返事がくる。かちゃかちゃ、と食器の音がした。

「私達って一年一緒に旅をして、楽しいことばかりじゃなかったけれど色んなところにも行ったし、たくさんのことがあったでしょ？　ヨーマには全部同じだと答えていたけど、本当に?」

誰も足を踏み入れないような樹海の中や、マグマが煮えたぎる火山。万年雪が降り積もる極寒の大地。竜にまたがり広い空を飛び越えたことだってある。

仲間達と旅した記憶は、今も色鮮やかにレイシーの胸の中に眠っている。

「そうだなぁ」と考えるそぶりの声は聞こえたが、すぐに次の返答がきた。

「色々ありすぎて、順番なんてつけられないからな。どんぐり拾いも、楽しいもんだな」

問いかけたのは自分なのに、そう言ってくれることが何よりも嬉しかった。だって、レイシーも同じ気持ちだからだ。

「でも、あえていうのなら」

だからどきりとして、思わず振り向いてウェインを見た。

するとウェインはとっくの昔にこちらを見ていたらしい。ときどき見せるいたずらっ子の顔をして、にひりと口の端を持ち上げる。

「レイシーや、仲間達と会えたことが一番かな」

ほんの少しだけ、息を呑んだ。

それから苦笑して肩をすくめた。

「私も、同じ」

「だろ？　さて、飯を食うか。おおい！」

「キュイッ！」

「ぶもぉ！」

呼ばれたティーとノーイが勢いよく飛び出してやってきた。あまりの元気に「うわ、危ねぇ！」とウェインが両手の皿をかばい高く掲げる。そんないつもの光景が、たまらなく愛《いと》しくなるときがある。

レイシーは、こっそりとウェインからもらった髪飾りを指の先でなでた。帽子がなくて不安に思っていたはずの気持ちは、いつしかするりとほどけるように、どこかに消えてしまっていた。

少しずつ、これからもレイシーは変わっていく。

けれども変わらないものもある。
そのことが嬉しくて、怖くて、けれどもやっぱりわくわくして。
でも、きっと大丈夫だ。
レイシーの『星さがし』は、まだまだ始まったばかりなのだから。

あとがき

　こんにちは、雨傘《あまがさ》ヒョウゴです。この度は『暁の魔女レイシーは自由に生きたい』略して『あか魔女』をお手にとっていただき、本当にありがとうございます！

　雨傘ヒョウゴの四冊目の本となりますが、二巻目が出るのは初めてのことで、あとがきを書いている今もレイシー達《たち》の物語をまた皆さんにお届けできると思うと、どきどきが止まりません。

　今回からレイシーの『ものづくり』も少しずつ軌道に乗り、一巻ではほとんど名前だけしか登場しなかったキャラや、そもそも名前すらもわからないキャラ（狐目《きつねめ》の人ですね）達との交流も深まり、レイシーの世界はまだまだ広くなるばかりです。


　話は変わりますが、最近私はレインブーツを購入しました。アイボリー色で、足首まである形で、以前からほしかったけれど絶対というわけではないし……と、うんうんと唸《うな》っていたのですが、とうとう買ってしまいました。

　いざ買ってみると、雨が降る日はまだかまだかと心待ちにしてしまい、さあ降ったぞ！　と喜びのままに飛び出してみると、なんということでしょう。靴が、濡《ぬ》れても中に水が浸《し》みません！

　……いやそんなの当たり前じゃない！　だってレインブーツなのよ！　と自分自身わかってはいるのですが、なんとまあ。雨の道を歩きながら、楽しくって仕方がありませんでした。

　こんな風にまだ知らない楽しさや、幸せが人生のどこかにぽつぽつと落ちていて、そっと隠されているのかなと思うと、とても嬉《うれ》しいです。いつも迷うばかりのレイシーですが、彼女も『星さがし』として少しずつゆっくりと、自分にとっての大切な何かを見つけていくことができれば、と思います。

最後になりますが、この場を借りましてお礼の言葉を申し上げます。

オーバーラップ編集部の皆様、また担当編集のH様。「Hさんはどう思いますか！　これはどうですか！　どうですか！」と突撃する私に対して、いつも優しく丁寧にご対応いただき、足を向けて寝ることができないとはまさにこのことです。

イラストを描いてくださった京一先生。いつも驚異的なスピードで素敵すぎるイラストを仕上げていただき、あまりのプロフェッショナルぶりに痺《しび》れます……。

そして、読者の皆様方。読んでくださる方がいるというのは本当に心強いことで、いつも皆さんの存在に支えられて生きています！

この本に関わってくださった全ての方々にお礼を申し上げます。

どうかまた、お会いできる日を祈って。

雨傘ヒョウゴ

作品のご感想、
ファンレターを
お待ちしています

あて先

〒141-0031　東京都品川区西五反田 8-1-5 五反田光和ビル4階
ライトノベル編集部
「雨傘ヒョウゴ」先生係／「京一」先生係

スマホ、PCからWEBアンケートにご協力ください

アンケートにご協力いただいた方には、下記スペシャルコンテンツをプレゼントします。
★本書イラストの「無料壁紙」　★毎月10名様に抽選で「図書カード（1000円分）」

公式HPもしくは左記の二次元バーコードまたはURLよりアクセスしてください。
▶ **https://over-lap.co.jp/824005601**
※スマートフォンとPCからのアクセスにのみ対応しております。
※サイトへのアクセスや登録時に発生する通信費等はご負担ください。

オーバーラップノベルスf 公式HP ▶ **https://over-lap.co.jp/lnv/**

OVERLAP NOVELS f

暁の魔女レイシーは自由に生きたい 2
～魔王討伐を終えたので、のんびりお店を開きます～

発行　2023年7月25日　初版第一刷発行

著者　雨傘ヒョウゴ
イラスト　京一
発行者　永田勝治
発行所　株式会社オーバーラップ
〒141-0031 東京都品川区西五反田8-1-5
校正・DTP　株式会社鷗来堂
印刷・製本　大日本印刷株式会社

ISBN 978-4-8240-0560-1 C0093

【オーバーラップ　カスタマーサポート】
電話　03-6219-0850
受付時間　10時～18時（土日祝日をのぞく）

第11回 オーバーラップ文庫大賞
原稿募集中！
イラスト：じゃいあん
【締め切り】
第1ターン 2023年6月末日
第2ターン 2023年12月末日
各ターンの締め切り後4ヶ月以内に佳作を発表。通期で佳作に選出された作品の中から、「大賞」、「金賞」、「銀賞」を選出します。
その物語は、
きっと誰かが
好きな物語。
【賞金】
大賞…300万円
（3巻刊行確約＋コミカライズ確約）
金賞……100万円
（3巻刊行確約）
銀賞………30万円
（2巻刊行確約）
佳作………10万円
投稿はオンラインで！ 結果も評価シートもサイトをチェック！
https://over-lap.co.jp/bunko/award/
〈オーバーラップ文庫大賞オンライン〉
※最新情報および応募詳細については上記サイトをご覧ください。
※紙での応募受付は行っておりません。